CAIUS CALIGULA,

DRAME EN CINQ ACTES;

Par CHARLES D'OUTREPONT.

La puissance ne peut être durable,
quand elle ne s'exerce que pour le
malheur des peuples : un moment
arrive,....

Sénèque.

PARIS,

CHEZ FIRMIN DIDOT FRÈRES, LIBRAIRES,

RUE JACOB, N° 24.

1833.

CAIUS CALIGULA,

DRAME.

IMPRIMERIE DE FIRMIN DIDOT FRÈRES,

RUE JACOB, N° 24.

CAIUS CALIGULA,

DRAME EN CINQ ACTES;

Par CHARLES D'OUTREPONT.

> La puissance ne peut être durable,
> quand elle ne s'exerce que pour le
> malheur des peuples : un moment
> arrive. . . .
>
> SÉNÈQUE.

PARIS,

CHEZ FIRMIN DIDOT FRÈRES, LIBRAIRES,

RUE JACOB, N° 24.

1833.

PRÉFACE.

Des hommes qu'Auguste avait ramenés à lui, malgré son despotisme, en faisant remonter sur le théâtre le fameux comédien Pylade, n'étaient plus dignes d'être libres. Déja en travail de la sanglante tyrannie qui devait les écraser plus tard, ils tendaient les mains aux fers et se précipitaient dans la servitude avec un empressement criminel dont il y a peu d'exemples dans l'histoire.

Le règne de Caïus Caligula prouve une chose incontestable selon moi : c'est que les Romains méritaient ce monstre. Quand un peuple est assez lâche pour supporter pendant trois ans une pareille tyrannie, je suis bien plus tenté de le mépriser que de le plaindre ; mais j'en excepte nécessairement

a

les cœurs généreux qui ont travaillé à secouer le joug. Si saint Thomas d'Aquin pensait aux Caligulas quand il a écrit la fameuse maxime que je mets ici sous les yeux du lecteur, il avait cent fois raison : *Ut sicut licet resistere latronibus, ita licet in tali casu resistere malis principibus* (1).

Les Romains étaient tombés dans un tel état de dégradation sous Tibère et sous Caïus, que le plus grand législateur du monde ne serait pas parvenu à rétablir la république. « Les peuples une fois accoutumés à des maîtres, dit Rousseau, ne sont plus en état de s'en passer (2). »

Un peuple corrompu, que l'on appelle à la liberté, corrompt lui-même les bonnes institutions qu'on lui donne; elles périssent par les mœurs de ceux qui sont chargés de

(1) Livre ii, question LXIX.

(2) Dédicace du Discours sur l'origine et les fondemens de l'inégalité des conditions parmi les hommes. Cette maxime n'est vraie que pour les peuples *accoutumés à des maîtres*, mais non pour les peuples *soumis forcément à des maîtres*, comme les Polonais le sont aujourd'hui, par exemple.

les maintenir, et par l'indifférence des citoyens qui n'y attachent plus aucun prix. C'est là l'époque des tyrans, qui, malheureusement, dépose d'une manière invincible contre la moralité des hommes en général, et par conséquent contre leur éducation. En effet, admettons un peuple composé d'honnêtes gens; je demande, dans cette supposition, ce que pourrait faire un Caïus? Rien du tout, absolument rien. Pour que l'on voie des monstres sur le trône, il faut qu'il y ait des bourreaux, des valets et de plats ambitieux dans les rues et dans les antichambres. Ce sont toujours les vices et la lâcheté du peuple qui font la force tyrannique des mauvais princes. Quand un sultan ordonne de décapiter des malheureux qui ne méritent pas la mort, si personne ne voulait exécuter ses volontés, il faudrait bien qu'il renonçât à sa justice de tigre; toujours forcé d'être juste et humain, à cause de l'opposition ferme et consciencieuse de ses sujets, il serait obligé,

pour être obéi, de gouverner avec équité.
Je crois que l'on peut conclure de ces réflexions que, si les peuples étaient vertueux,
la justice et la raison régneraient sous tous
les gouvernemens possibles. Ainsi donc, au
lieu de tant s'occuper de monarchie, d'aris-
tocratie et de démocratie, on ferait beaucoup
mieux de travailler à rendre les hommes
meilleurs, en leur inspirant l'amour de Dieu
et l'amour du prochain, et à les cuirasser,
si je puis m'exprimer ainsi, de civisme et de
probité, car ce n'est qu'à cette condition
qu'ils peuvent être heureux et libres. Péné-
trons-nous bien de cette vérité : que la noblesse d'ame et la vertu rendent toute tyrannie
impossible, et que la plus belle des constitu-
tions n'est jamais qu'un leurre, quand elle
n'est pas sous la sauve-garde du courage, de
la justice nationale et des mœurs. Mais me
voilà un peu loin de mon sujet. *Jam satis est.*

Quoique Suétone ait écrit l'histoire des
douze Césars, et par conséquent celle de

Caïus Caligula, je ne lui dois que quelques faits et des mots caractéristiques que tout le monde connaît : le reste est de mon invention.

J'ai pensé qu'il y avait de la tragédie dans une conspiration mémorable que l'on peut regarder comme une dernière tentative de la république expirante contre la monarchie absolue des Césars. Ce sujet m'a paru noble et grand. C'est au lecteur à décider si j'ai su en tirer parti ; car l'histoire ne me fournissant, pour ainsi dire, que le fait en lui-même, j'ai dû tout créer, moins les caractères, qu'il n'est jamais permis de défigurer, mais que l'on peut embellir avec mesure ; surtout quand leurs traits d'invention ne sont que des conséquences possibles et vraisemblables de leurs traits historiques. J'ai usé de ce droit pour Césonie. Comme il est constant que cette femme n'a jamais approuvé la tyrannie de Caïus, et que même elle avait donné à celui-ci d'excellens conseils qu'il aurait dû suivre, j'ai cru pouvoir la représenter d'une

manière un peu plus imposante que ne le fait
l'histoire. Les écrivains dramatiques de nos
jours ne doivent pas plus être des Tite-Lives
et des Tacites, que Sophocle n'était un Hé-
rodote, Guilain de Castro un Mariana,
Shakspeare un David Hume, Goëthe un
Müller, et Alfieri un Guichardin.

Quand j'ai publié la *Saint-Barthélemi* et
la Mort de Henri III, de bonnes ames ont
écrit que j'étais un impie ; car elles ne veulent pas que l'on ait commis un seul crime au
nom de la religion, et par conséquent les historiens en ont menti. Dire que Grégoire XIII,
le cardinal de Lorraine, le P. Bourgoin et
Jacques Clément n'étaient pas tout-à-fait des
disciples de Jésus, c'est attaquer la papauté,
les cardinaux et les moines : il n'y a rien à
répondre à cela. Mais comme on ne m'avait
pas encore rendu justice complète, on acheva
mon portrait après la lecture de *Charles Ier,*
et des ultra-libéraux m'apprirent que j'étais
tory ; ce qui m'étonna beaucoup, car je l'i-

gnorais. M. Jourdain débite de la prose sans le savoir, et moi, j'ai des opinions sans m'en apercevoir : avantage inappréciable qui fait de mon être intellectuel une individualité à part. Mais si j'avais des opinions qui ne fussent que des passions, et des lumières qui ne fussent que des ténèbres, alors je serais en grande compagnie et pourrais donner la main à plusieurs de nos illustres, tous dignes des honneurs du Panthéon que je leur souhaite cordialement, tous de véritables insectes qui, se rengorgeant avec orgueil sur un brin d'herbe, se croient des créatures importantes dans l'univers.

> César n'a point d'asile où son ombre repose,
> Et l'ami Pompignan pense être quelque chose (3).

Ainsi je suis un impie avec Coligni, un royaliste avec Charles Ier, et je vais être un républicain avec Cassius Cherea. On voit que j'ai plusieurs cordes à mon arc, et, en vérité, par le temps qui court, cet avantage n'est

(3) *La Vanité*. Satire de Voltaire.

pas à mépriser ; mais, malheureusement, je
ne suis pas du nombre de ces hommes de
lettres *consciencieux et fiers* qui, en chan-
tant sur tous les tons, savent tirer parti de
leur fécondité variée. Après avoir modulé
dans le mode républicain, puis dans le mode
impérial, puis encore dans le mode républicain, *omnia pro tempore, nihil pro veritate*,
ils modulent aujourd'hui dans le mode monarchique de 1830, en attendant peut-être
un autre mode ; car ils n'ignorent pas que,
depuis un demi-siècle, tout vieillit prompte-
ment en France, excepté les folles théories,
les doctrines dangereuses et les mauvaises
mœurs.

Comme je suis persuadé que si ce drame
était représenté aujourd'hui sur un des théâ-
tres de la capitale, il donnerait lieu à des
scènes tumultueuses, et à des rixes qui fini-
raient peut-être par l'arrestation de quelques
jeunes gens dont je ne partage pas toutes
les opinions, mais que j'estime tous pour

leur courage, et quelques-uns pour leurs lumières, je me contente de le livrer à l'impression, car je ne voudrais pas être cause d'un pareil malheur.

Je déclare que l'on ne trouvera ici, outre le sujet en lui-même, qu'une peinture fidèle de la lâcheté servile et criminelle des Decimus, des Protogène, des sénateurs et des consuls sous le règne de Caïus; que mon drame est un ouvrage purement littéraire, que je ne l'ai écrit dans l'intérêt d'aucune secte politique, et que si l'on veut y voir autre chose qu'une conjuration de quelques citoyens de l'ancienne Rome contre le scélérat que Montaigne appelait un *maraud*, on calomniera mes intentions toutes pacifiques. J'avoue cependant que les principes républicains ont été le rêve de ma jeunesse, mais l'expérience et de mûres réflexions m'ont appris que je ne connaissais alors ni les Français ni le siècle où je suis né. J'ignorais qu'il est des temps où les hommes ne peuvent supporter ni une

servitude complète, ni une entière liberté, et
que nous vivions à une de ces époques-là; *sed
imperaturus es hominibus, qui nec totam ser-
vitutem pati possunt nec totam libertatem* (4):
et, chose assez remarquable, c'est J.-J. Rousseau, que l'on cite toujours comme l'apôtre
des républicains, qui m'a fait revenir de mes
erreurs, lesquelles au surplus n'ont été nui-
sibles à qui que ce soit (5). Qu'on lise, ou
plutôt que l'on étudie avec une profonde
attention *Émile* et surtout *le Contrat social*,
et l'on sera convaincu que si le citoyen de
Genève vivait aujourd'hui, il ne nous ferait
pas l'honneur de nous croire dignes d'un
gouvernement vraiment républicain: opinion
que Robespierre lui-même affichait encore
ouvertement sous l'Assemblée législative, car
il faisait imprimer à cette époque que *le ré-
gime monarchique et les formes représenta-
tives étaient les seuls qui convinssent à un*

(4) Tacite. Discours de Galba à Pison.

(5) Né à Bruxelles en 1777, je n'avais que douze ans à l'époque
de la révolution.

empire aussi grand que la France (6). Ne pouvant pas désirer, contre ma propre conviction, une forme gouvernementale que j'aime cependant quand elle est possible, mais que repoussent malheureusement l'étendue de notre territoire, notre immense population, notre mollesse et nos vices d'esclaves (7), je me borne aujourd'hui à aimer la liberté, et à mépriser de toute l'énergie de mon ame les reptiles de cour, les apostats politiques par intérêt personnel, les histrions de patriotisme, les ambitieux sans génie, les conspirateurs sans conviction, et les grands citoyens sans civisme ; hommes qui semblent avoir pris à tâche de prouver, pour me servir des expressions de Machiavel, que les révolutions ne sont que le carnaval de l'histoire : et j'en-

(6) Voyez le Dictionnaire biographique et historique des hommes marquans de la fin du 18° siècle. Tom. III, Londres, 1800.

(7) « Or, voici le principe en fait de constitution. Un gouvernement proposé doit être tel, que les hommes puissent l'accepter, qu'ils le veuillent, et qu'il soit aisé de l'organiser. » Politique d'Aristote, liv. IV, chap. 1.

tends par liberté toutes les institutions libé-
rales que nos mœurs nous permettent d'avoir.
Je crois que ceux qui veulent aller plus loin
aujourd'hui, travaillent, sans s'en douter,
pour le despotisme. Il faut y prendre garde :
les extrêmes se touchent. Les historiens nous
apprennent qu'il n'y a qu'un pas des niveleurs
à Cromwell, et du bonnet rouge de Marat
au sceptre dictatorial de Napoléon. On oublie trop souvent que les bonnes lois consti-
tutives des états, comme le dit Montesquieu,
*sont les rapports nécessaires qui dérivent de
la nature des choses*, et que celles-là seules
sont immuables. Toutes les autres tombent
plus ou moins vite, parce qu'elles n'ont de
racines ni dans le climat, ni dans le sol, ni dans
le caractère national, ni dans les mœurs. Aussi
pour qu'un pays puisse passer subitement de
la monarchie à une république qui ait quelque
durée, il faut une grande révolution anté-
rieure dans les esprits ; il faut que les principes républicains soient dans toutes les têtes,

et, ce qui est encore plus difficile, dans tous les cœurs; il faut surtout qu'on ait les mœurs des institutions que l'on a désirées, car sans cette condition, applicable à tous les régimes politiques que l'on connaît sur la terre, il n'est pas plus possible d'établir une forme gouvernementale quelconque, que d'élever dans les airs un édifice qui ne reposerait sur rien. Si les Athéniens, les Romains et les Français avaient eu les mœurs de leurs institutions, Périclès, Octave et Bonaparte n'auraient pas aspiré au pouvoir suprême, ou bien ils auraient eu le sort de Manlius Capitolinus qui a péri, parce que l'époque des Césars était encore dans les ténèbres de l'avenir. Mais en voilà assez sur ce point.

Je n'ai rien à dire de mon drame sous le rapport de l'exécution, car il est évident que je le crois lisible puisque je le publie; mais il est évident aussi que je puis me faire illusion et regarder comme bon ce qui est mauvais. *Chacun sourit à sa progéniture.* Je prie donc le lecteur de ne pas être trop sévère, d'aller jusqu'à la fin du cinquième acte, en admettant que cet effort soit possible, et de croire que si mon ouvrage ne l'intéresse pas, c'est bien malgré moi. J'aurais voulu aussi l'écrire en phrases mesurées, mais j'ai le malheur de n'être ni poëte ni même versificateur, et le bonheur d'en être persuadé, ce qui est bien quelque chose; car autrement il pourrait m'arriver de versifier à la manière des grands génies qui méprisent Racine et Boileau, et c'est une gloire que je ne leur disputerai jamais. « Écrire en vers pour les faire mauvais, dit Voltaire, est la plus haute de toutes les sottises (8). » J'espère donc que les personnes qui jetteront les yeux sur mon drame voudront bien me pardonner ma prose, car c'est

_____

(8) *Fragment d'un discours historique et critique sur Dom Pèdre.* Si le lecteur veut savoir ce que j'entends par *bons* vers, je lui dirai comme l'auteur de Mérope : « Ce mot comprend tout, sentiment, vérité, décence, naturel, pureté de diction, noblesse, force, harmonie, élégance, idées profondes, idées fines, surtout idées claires, images touchantes, images terribles, et toujours placées à propos. » (*Le même fragment.*)

pour moi la condition *sine qua non*. J'espère..... J'allais continuer sur ce ton sup-
pliant, mais l'Horace français me dit à l'o-
reille :

> Un auteur à genoux, dans une humble préface,
> Au lecteur qu'il ennuie a beau demander grace;
> Il ne gagnera rien sur ce juge irrité,
> Qui lui fait son procès de pleine autorité.

PERSONNAGES.

CAIUS CALIGULA, empereur.

CÉSONIE, impératrice.

JULIE DRUSILLE, fille de Caïus et de Césonie ; âgée de quatre ans.

ÉMILIE, veuve d'un consul, et amie intime de Césonie.

CN. SENTIUS SATURNINUS, } Consuls.
Q. POMPONIUS SECUNDUS. }

CASSIUS CHEREA, tribun dans la garde prétorienne.

PAPINIUS, *idem.*

CORNELIUS SABINUS, *idem.*

VALERIUS ASIATICUS, sénateur.

MINUCIANUS, sénateur.

POMPÉDIUS, sénateur ; de la secte d'Épicure.

CALIXTE, affranchi très-riche.

AMPRONAS.

AQUILA.

QUINTILIE, comédienne.

} Conjurés.

LUCIUS VITELLIUS, ancien proconsul de Syrie.

PROTOGÈNE.

DECIMUS, tribun dans la garde prétorienne.

} Ministres des cruautés de Caïus.

CANINIUS JULUS, sénateur.

PERSONNAGES.

BATHYBIUS, ancien préteur.

CLUVITUS, personnage consulaire.

LENTULUS, exilé par Tibère et rappelé par Caïus.

TIMIDIUS, délateur.

SENA.

LENAS.   } Riches plébéiens.

NALDUS.

SYLLA, astrologue.

Un Geolier.

Espions.

Un Esclave de Calixte.

Centurions.

Une grande partie du Sénat.

Deux valets de prison. (Personnages muets.)

Prétoriens de la cohorte de Cherea et de Papinius.

Gardes prétoriennes.

La scène est à Rome, l'an 792 de la fondation de cette ville, et l'an 41 de Jésus-Christ.

CAIUS CALIGULA,

DRAME.

~~~~~~

ACTE PREMIER.

SCÈNE PREMIÈRE.

Il fait nuit.

Dans une rue, près du palais des Césars.

NALDUS.

Quel exécrable monstre! Puissent les dieux l'exterminer, lui et sa race! L'enfant est déjà digne du père...... (1). Que dis-je, les dieux? Il n'y en a pas. Souffriraient-ils qu'un pareil scélérat écrasât le genre humain......? Je crois en vérité qu'il est fou; mais quelle horrible folie! Crimes sur crimes: personne n'échappe à sa fureur; Rome entière y passera.... Après Tibère, Caïus; après Caïus..., heureux ceux qui sont morts au champ de Philippes; ils n'ont pas survécu à la liberté. Ah! pauvre Rome, pauvre maîtresse du monde! j'en verse des pleurs d'indi-

1.

gnation et de rage.... Allons, rentrons chez nous,
car les prétoriens et les espions commencent à rôder
dans les rues et à écouter aux portes pour trouver
des conspirateurs. Ces misérables pourraient bien
m'arrêter et me jeter dans les caves basses, d'où l'on
ne sort jamais que scié en deux (2).

(Il marche assez vite.)

SCÈNE II.

LENAS, SENA, NALDUS, DEUX ESPIONS,
quelques instans après.

LENAS.

Est-ce toi, Naldus?

NALDUS.

Oui, c'est moi. Bonne nuit.

LENAS.

Où vas-tu donc si vite?

NALDUS.

Chez moi.

LENAS.

Ralentis un peu ton pas; nous ferons route ensemble. Tu n'as rien à craindre. (En donnant la main à
Sena). Mon ami a fait ses preuves.

NALDUS.

Je n'en doute pas, mais ce quartier est dangereux

pendant la nuit. On y rencontre des prétoriens qui vous arrêtent sous le moindre prétexte, et, une fois dans leurs mains, on ne s'en tire pas facilement. Allons ensemble cependant, mais hâtons le pas.

(Ils marchent.)

SENA.

Vous marchez trop vite; je ne puis vous suivre.

NALDUS.

Tu te reposeras chez toi.

LENAS.

Respect au malheur, mon ami, respect au malheur. Nous cheminons avec une victime de la tyrannie. Tous ses membres sont disloqués.

NALDUS, à Sena.

Je vois que tu es tombé sous les griffres du tigre.

SENA.

Oui, sous les griffes du fils du camp, du père des armées, du très-pieux et très-gracieux César, et du Jupiter latin (1). Espérons que celui de l'Olympe l'écrasera bientôt de sa foudre.

LENAS.

Ne comptons pas trop sur le feu du ciel; il a laissé vieillir Tibère dans le crime.

NALDUS.

Hélas! oui. On finira par croire qu'il n'y a ni dieux, ni foudre vengeresse.

SENA.

Eh bien! moi, je ne désespère pas encore de voir

un jour les Césars enterrés, et la république au Forum.

NALDUS.

Je n'en crois rien.

SENA.

Pourquoi donc ?

NALDUS.

Parce que la république a reçu des coups mortels dont il est impossible qu'elle se relève : Pharsale, Philippes, Auguste, Tibère, le temps, et surtout nos mœurs.

SENA.

Ces raisons sont assez fortes, peut-être, mais elles ne me persuadent pas.

PREMIER ESPION, un peu dans l'éloignement.

Ne vois-tu pas des hommes devant nous ?

DEUXIÈME ESPION.

Oui.

PREMIER ESPION.

Tâchons de les joindre pour saisir quelques mots dont nous ferons notre profit.

(Ils pressent le pas.)

NALDUS, à Sena.

Tu as donc été mis à la torture ?

SENA.

Deux fois en quinze jours; mais j'ai résisté à ce supplice avec un courage qui me rend content de moi. Protogène et Decimus n'ont pu m'arracher une parole.

NALDUS.

Quand ce malheur t'est-il arrivé?

SENA.

Après la découverte de la conspiration de Lepidus.

NALDUS.

Innocent peut-être, car tu ne serais pas le seul à qui...

SENA.

Non, devant Caïus, mais devant ma conscience et les dieux. Il est toujours permis de renverser un tyran sanguinaire.

(Les espions passent tout près de Sena sans s'arrêter.)

PREMIER ESPION.

As-tu entendu? Un tyran sanguinaire!

DEUXIÈME ESPION.

Oui. Ne les perdons pas de vue.

(Les espions s'éloignent.)

SENA.

C'est le souvenir de cette belle action qui me console aujourd'hui dans mes souffrances. D'ailleurs, j'ai le pressentiment que la liberté renaîtra de ses cendres. Caïus tombera sous le poignard d'un libérateur du monde.

NALDUS.

Que n'y a-t-il vingt mille citoyens comme toi

dans Rome, et Jupiter-Histrion irait bientôt retrouver aux enfers sa sœur Drusille (2)!

SENA.

Les Césars au tombeau et leur digne successeur pèsent de tous leurs crimes sur mon cœur ulcéré.

LENAS.

On ne peut se persuader que ce monstre soit un des fils de Germanicus.

NALDUS.

Il avait commencé à régner d'une manière digne de son père; mais, malheureusement, il n'a pas tenu ce qu'il promettait. Il se plaint aujourd'hui, dit-on, de ce que son règne n'est marqué par aucune grande calamité, comme si lui-même n'en était pas une épouvantable! Le scélérat voudrait avoir à se réjouir de la défaite d'un Varus ou de la chute d'un amphithéâtre de Fidènes (3).

SENA.

Sachez, pour votre sûreté, si vous l'ignorez, que ce grand prince ne souffre pas qu'on le regarde d'en haut quand il passe, parce qu'il est chauve, ni qu'on parle d'une chèvre devant lui, parce qu'il a le corps velu (4).

(On aperçoit une troupe de prétoriens.)

NALDUS.

Voilà des prétoriens.

LENAS, à voix basse.

Ne cherchons pas à les éviter, car il n'en faudrait pas davantage pour les faire courir après nous et nous compromettre gravement.

SENA.

Si les courses du cirque devaient amuser demain les courtisans et la canaille, je croirais que les soldats parcourent ce quartier pour ordonner le silence à tout le monde; car il faut que la veille de cette grande solennité *Incitatus* dorme tranquillement(5).

LENAS.

C'est bien le moins qu'on puisse faire pour une bête qui est membre du collége des prêtres de Caïus, et par conséquent collègue de Caïus lui-même, de Claude et de Césonie.

NALDUS.

Quel mépris pour les hommes que ce respect pour un cheval !

SENA.

Vous verrez qu'un jour il le fera consul (6).

LENAS.

Le bruit en court déjà.

NALDUS.

Autant lui que tout autre. La toge consulaire ne serait pas plus déshonorée sur le dos d'un cheval que sur les épaules de Lucius Vitellius (7).

SENA.

Beaucoup moins peut-être.

(Les prétoriens approchent.)

LENAS.

Silence!

SCÈNE III.

DECIMUS, LENAS, SENA, NALDUS, PRÉ-
TORIENS, DEUX ESPIONS.

PREMIER ESPION, à Decimus.

Nous te rencontrons à propos : il y a là trois
hommes suspects qu'il faut arrêter.

DEUXIÈME ESPION.

Ils déclament contre César et disent qu'il est un
tyran sanguinaire.

DECIMUS.

En voilà assez : continuez votre chemin.

(Les espions s'en vont, et Decimus arrête Lenas, Sena et Naldus.)

Où allez-vous ?

NALDUS.

Nous rentrons chez nous.

DECIMUS.

Vous êtes bien tard dans les rues.

SENA.

Cela est vrai, mais je marche péniblement, et
nous avons été retenus plus long-temps que....

DECIMUS.

D'où venez-vous ?

SENA.

Nous avons passé la soirée chez Quin....ie ; tu dois la connaître.

DECIMUS.

Vous parliez tout-à-l'heure.

LENAS.

C'est possible.

DECIMUS.

Pourquoi vous êtes-vous tus à notre approche ?

NALDUS.

Parce que nous n'avions plus rien à nous dire.

SENA.

Je ne pense pas que le très-puissant César ait ordonné qu'une conversation commencée ne finirait jamais.

DECIMUS.

Je te connais, toi : pas d'insolence.

SENA.

Je te connais aussi.

DECIMUS, aux prétoriens.

Assurez-vous de ces ennemis de Caïus ; je veux les interroger et savoir à quoi m'en tenir.

(Les prétoriens obéissent au commandement. Aux trois plébéiens :)

Le prompt silence qui a suivi vos paroles est une preuve pour moi que vous parliez contre l'empereur, contre *un tyran sanguinaire.*

NALDUS.

Calomnie des deux hommes qui viennent de passer devant nous. Je jure au nom des dieux........

LENAS.

Et moi aussi.

DECIMUS.

Laissons-là les dieux, et répondez-moi. Que disiez-vous?

NALDUS.

Des choses indifférentes dont je me souviens à peine.

DECIMUS.

Ta mémoire est bien courte.

SENA.

La mienne est plus longue. Nous disions....

NALDUS.

J'y suis actuellement.

DECIMUS, à Naldus.

Ah! tu y es; eh bien! tu vas me confier cela à l'oreille, et pour cause.

LENAS.

C'est une tyrannie dont il n'y a pas d'exemple. Que tous les Romains ne savent-ils....

DECIMUS.

Rome, pour moi, c'est Caïus. Rome se tait; imite-la.

(Il prend Naldus à part, et lui dit à l'oreille :)

De quoi vous entreteniez-vous? Réponds à voix basse ou je te tue.

NALDUS.

De la guerre de Caïus en Germanie, et de son expédition sur les bords de l'Océan.

DECIMUS.

Est-ce tout ?

NALDUS.

Oui.

DECIMUS, aux prétoriens.

Empêchez cet homme de communiquer avec les deux autres.

NALDUS, à part.

Nous sommes perdus.

DECIMUS, à Lenas.

A ton tour. Bas. De quoi parliez-vous tous les trois, quand nous vous avons rencontrés ?

LENAS.

Je crois que nous parlions....

DECIMUS.

De la guerre de Germanie et de l'expédition sur les bords de l'Océan ; n'est-ce pas ? Et de là beaucoup de plaisanteries sur l'empereur et les coquillages (1).

LENAS.

Pas plus de cette guerre que de celle de Spartacus.

DECIMUS.

Par conséquent j'en sais assez. Aux prétoriens : Retenez-le à côté de l'autre.

LENAS, à haute voix.

Il veut absolument que nous ayons tourné en ridicule la guerre de Germanie et César.

SENA.

Nous n'en avons pas dit un mot.

DECIMUS, à Sena.

Tu viens de me répondre à l'oreille sans t'en douter.

SENA.

Cette manière de chercher des coupables est indigne d'un Romain.

DECIMUS.

Tu manques de respect à César, et tu t'en repentiras.

SENA.

Tu n'es pas César, toi.

DECIMUS.

Je suis un de ses officiers.

SENA.

Ce n'est pas tout-à-fait la même chose.

DECIMUS, à quelques prétoriens.

Conduisez ces hommes en prison. Je ferai mon rapport à l'empereur.

(On emmène Naldus, Lenas et Sena.)

SCÈNE IV.

DECIMUS, PRÉTORIENS; ils marchent. UN ESCLAVE DE CALIXTE, vers la fin de la scène.

DECIMUS.

Vous voyez, prétoriens, que votre active surveillance n'est pas inutile ; Caïus-César vous en tiendra compte. En veillant à sa sûreté, vous travaillez pour vous-mêmes ; car s'il est maître par vous, vous êtes maîtres par lui. Nous n'avons plus besoin de consuls, ni de sénat, ni de forum : gouvernement de factieux et de bavards que tout cela. Grands éclats de rire parmi les soldats. Le monde appartient à César et à nous, et si notre César meurt, nous en choisirons un autre pour nous maintenir dans nos droits.

PLUSIEURS PRÉTORIENS.

Oui, oui, vive Caligula !

DECIMUS.

Que dites-vous donc ? Point de Caligula ! sachez que Caïus regarde ce surnom comme une offense (1).

UN PRÉTORIEN.

Nous l'ignorions.

DECIMUS.

A la bonne heure, et pas de bruit. C'est notre marche silencieuse qui nous vaut la capture que nous venons de faire, car si ces misérables nous avaient entendus, ils auraient pris la fuite, et ce seraient trois oiseaux de moins en cage.

UN PRÉTORIEN, à voix basse; il marche à côté de Decimus.

Où on va les faire chanter malgré eux.

DECIMUS, en souriant.

Oui, à la manière d'Appelle; sous des coups de fouet (2).

Quelques instans de silence.

LE MÊME PRÉTORIEN, à Decimus.

Ne sommes-nous pas tout près de la maison de Calixte?

DECIMUS.

Nous allons passer devant.

LE PRÉTORIEN.

Il a des sesterces celui-là.

DECIMUS.

Beaucoup trop pour lui ; c'est une murène bien grasse que nous destinons à la table de l'empereur. Nous l'aurons un jour ou l'autre dans nos filets.

LE PRÉTORIEN.

Tant mieux s'il doit nous en revenir quelque chose.

DECIMUS en montrant une maison.

Voilà sa maison.

LE PRÉTORIEN.

N'y entends-tu pas parler?

DECIMUS ; il s'approche de la maison et écoute.

Oui, ils sont même plusieurs. Aux prétoriens. Arrêtez-vous. Il faut que je sache pourquoi il y a si grande compagnie à cette heure-ci chez Calixte. Silence !

(Il frappe à la porte et un esclave l'ouvre.)

L'ESCLAVE.

Que veux-tu ?

DECIMUS.

Voir ton maître.

L'ESCLAVE.

Mon maître dort.

DECIMUS.

Tu mens, car il y a compagnie chez lui.

L'ESCLAVE.

Eh bien! je vais lui demander s'il veut....

DECIMUS, en lui donnant un soufflet.

Va lui demander si ce soufflet a été bien appli-
qué, misérable! Je viens au nom de Caïus-César,
et j'entre. Il pousse l'esclave devant lui et referme la porte.

(Les prétoriens stationnent devant la maison.)

L'ESCLAVE, dans la maison.

Je suis cependant un homme comme lui, et il faut
souffrir tout sans répliquer! Que ne m'a-t-il cassé
la tête au lieu de me frapper insolemment! je ne
serais plus esclave.... Si je puis me venger un
jour....

SCÈNE V.

Chez Calixte.

CALIXTE, VALERIUS ASIATICUS, MINUCIA-
NUS, POMPEDIUS, AMPRONAS, AQUILA,
QUINTILIE, DECIMUS.

(On voit les restes d'un repas du soir. Tous les personnages sont
assis, excepté Decimus qui n'est pas encore entré. Plusieurs lampes
éclairent la salle.)

QUINTILIE.

Mes amis, tout ce que nous dirons sera sans résultat, si nous n'employons pas sérieusement le poignard tragique. Il est impossible de supporter plus long-temps une pareille tyrannie : nous sommes la honte de l'univers.

VALERIUS ASIATICUS.

Il aura ma vie ou j'aurai la sienne : jamais je ne lui pardonnerai d'avoir abusé violemment de ma femme (1).

CALIXTE, à Quintilie.

Nous applaudissons tous à la noblesse de tes sentimens, mais cette tragédie-là est plus difficile à faire qu'une tragédie pour le théâtre. Cela mérite réflexion.

AQUILA.

A force de réfléchir, nous nous perdons. Caïus nous préviendra un jour ou l'autre; toi surtout, Calixte, dont les immenses richesses doivent être un appât.....

CALIXTE.

Tibère avait pénétré ce monstre : un serpent pour le peuple romain et un phaéton pour l'univers (2).

MINUCIANUS.

J'entends du bruit : quelqu'un vient ici.

CALIXTE. (Il se lève, va à la porte de la salle, et revient avec précipitation.)

Silence! C'est le tribun Decimus.

VALERIUS ASIATICUS.

Oiseau de mauvais augure! (A Pompedius.) Chante pour détourner les soupçons.

POMPEDIUS, à pleine voix.

Chagrins, fuyez tous; quand je boi,
Le plaisir est ma seule étude,
Et Crésus est moins grand que moi.
Qu'ai-je à faire d'inquiétude (3)?

AMPRONAS, à part.

Que les dieux le confondent!

(Ils se lèvent tous.)

CALIXTE, à Decimus qui entre.

Je suis bien fâché que tu ne sois pas arrivé plus
tôt; tu aurais soupé avec nous, et entendu déclamer de beaux vers par notre grande comédienne.

DECIMUS.

Je ne fais pas beaucoup de cas de toutes ces fa-
daises.

POMPEDIUS.

Boire d'excellent vin, une fadaise?

DECIMUS.

Non, mais les vers.

POMPEDIUS.

Je te les abandonne, excepté ceux d'Anacréon.

DECIMUS.

A toi permis.

POMPEDIUS.

Je suis âgé, mais je n'ai point vieilli;
Voyez mes yeux, la jeunesse y respire.
Je danse encore aux accords de la lyre,
Et de Bacchus je suis le favori (4).

2.

DECIMUS.

Moi, je le suis de Caïus César, et cela vaut beaucoup mieux. Écoute, Calixte. Je suis entré chez toi pour te dire qu'il n'est pas décent de réunir grande société dans ta maison pendant la nuit, quand César, qui t'honore d'une bienveillance particulière, vient à peine d'échapper à la mort.

TOUS LES PERSONNAGES.

A la mort?

DECIMUS.

Oui. Vous ne savez donc pas qu'il a eu une attaque d'épilepsie (5)?

AQUILA.

Ce n'est pas la première fois.....

DECIMUS.

Est-ce une raison....? Si l'empereur pouvait soupçonner les sentimens que semble révéler une pareille indifférence......

(Tous les personnages pâlissent.)

CALIXTE.

Je te jure qu'aucun de nous n'était instruit de la maladie de César, et la preuve en est bien claire : c'est qu'il est impossible que je me réjouisse, avec mes amis, d'une grave indisposition de l'empereur, moi qu'il a toujours traité avec tant d'égards.

VALERIUS ASIATICUS.

Voilà trois heures que nous buvons du Cécube,

du Calès et de l'excellent Falerne (*), en souhaitant à Caïus santé, prospérités et longs jours.

POMPEDIUS.

Tribun, quand Pompedius est à table, on peut être sûr que ce n'est que pour boire et pour manger. Mon maître Épicure m'a appris à rire de tout, à être content de tout, excepté d'un mauvais repas, et à laisser aller le monde comme il veut aller. Ainsi je ne suis ni un conspirateur, ni un homme dangereux, ni même un mécontent, et je réponds des autres comme de moi.

AQUILA.

Lui, un conspirateur! Il n'a jamais conspiré que contre les mauvais cuisiniers.

DECIMUS.

Cette indifférence pourrait être criminelle.

QUINTILIE.

Oui, sans doute, mais la sienne ne va pas aussi loin que tu parais le penser, car je l'ai vu très-inquiet pendant la maladie de Julie Drusille (**).

DECIMUS.

A l'avenir, Calixte, informe-toi au moins, avant de donner des festins, de ce qui se passe au palais de Caïus. Tu pourrais te compromettre en ayant l'air de te réjouir de ce qui affligerait le peuple et la cour.

(*) Vins d'Italie. Voyez Horace, Ode XVII, liv. 1.
(**) La fille de Caïus.

CALIXTE.

Tu sais bien que de pareils soupçons ne seraient nullement fondés. Je dois être à l'abri......

DECIMUS.

C'est un conseil d'ami que je te donne.

CALIXTE.

Quoique inutile, je le reçois avec reconnaissance.

DECIMUS.

Avant de me retirer, j'ai une question à faire à Quintilie.

QUINTILIE, avec quelque inquiétude.

A moi, tribun?

DECIMUS, en souriant.

Sois tranquille. A quelle heure es-tu venue chez Calixte?

QUINTILIE.

Je suis ici depuis ce matin.

DECIMUS.

Ainsi tu n'as reçu personne chez toi ce soir?

QUINTILIE.

Personne, puisque je n'y étais pas.

DECIMUS.

Je ne veux pas en savoir davantage. Adieu. Je vais rejoindre mes prétoriens qui m'attendent dans la rue.

CALIXTE, à Decimus qu'il accompagne jusqu'à la porte de la salle.

J'ose croire qu'il ne te reste aucun soupçon...

DECIMUS.

Aucun.

CALIXTE.

Mes convives vont se retirer, car je serais profondément affecté que l'on pût me croire coupable du crime dont tu as eu l'air de m'accuser.

DECIMUS.

Il n'est plus question de cela : je te rends justice. Bois tranquillement jusqu'au matin avec tes amis.

(Il salue Calixte et sort.)

SCÈNE VI.

LES MÊMES PERSONNAGES, EXCEPTÉ DECIMUS.

AQUILA.

Vil satellite de la tyrannie, que ne puis-je te livrer, toi et ton exécrable maître, aux bêtes féroces du cirque! Mon cœur bondit d'indignation et de rage quand je pense que ce scélérat n'a qu'un mot à dire pour nous faire expirer au milieu des supplices. Il n'y a donc plus de Romains dans Rome? Quel opprobre! Nous, les vainqueurs du monde...!

VALERIUS ASIATICUS.

Et aujourd'hui sous le joug d'un Caligula et d'une soldatesque insolente qui ne connaît pour loi que

la volonté homicide du plus épouvantable tyran qu'il
y ait eu sur la terre!

AMPRONAS.

Des actions, mes amis, des actions, et non pas
des paroles. Nous serons victimes de notre irréso-
lution. Il faut en finir avec ce monstre; il faut en
délivrer Rome et l'univers : voilà notre devoir.

POMPEDIUS.

Oui, mais que d'obstacles!

MUNICIANUS.

Manquerais-tu de courage?

POMPEDIUS.

Ce doute est une insulte que je ne mérite pas. J'embrasse avec ardeur vos généreux desseins, et vous
pouvez tous compter sur moi comme sur vous-mêmes.
Mais, encore une fois, je ne puis vous dissimuler
mes craintes. Caïus, toujours entouré de courtisans
et de gardes...

MUNICIANUS.

César a été assassiné en plein sénat. Une volonté
ferme, et l'on triomphe de tous les obstacles.

POMPEDIUS.

Tu oublies que César était au milieu de ses ennemis.

AMPRONAS.

Eh bien! quand même le meurtre de Caïus offri-
rait plus de dangers à courir, que celui de l'usur-
pateur qui a légué à sa patrie la guerre civile,

Octave et Tibère, serait-ce une raison pour nous de
ne pas tenter cette grande action? Ne pouvons-nous
essayer de renverser le tyran qu'avec la certitude
de réussir? Est-il digne de nous de balancer entre
notre vie et la gloire d'avoir voulu délivrer Rome
du scélérat qui la baigne dans son sang? Vainqueurs
de la tyrannie, nous sommes les vengeurs du monde;
vaincus par elle, l'estime et l'admiration de l'univers
nous suivent au tombeau.

QUINTILIE.

Tu es un vrai Romain, et je m'honore de te
compter au rang de mes amis. Oui, il faut que
Caligula périsse, non seulement pour le bonheur de
Rome, mais pour notre propre sûreté. Que sait-on?
l'ordre de nous arrêter et de nous envoyer à la
mort est peut-être déjà donné. Decimus, dont l'infâme métier est de chercher des victimes, profitera,
n'en doutons pas, de notre réunion de nuit, pour
faire planer sur nous des soupçons qui deviendront
bientôt des preuves dans l'esprit ombrageux de
Caïus.

VALERIUS ASIATICUS.

Tout est à craindre de la part de cet homme.
Avez-vous remarqué son sourire de tigre quand il
a voulu tranquilliser Quintilie?

MINUCIANUS.

Il y a là un piége; j'en suis sûr.

QUINTILIE.

Tu ne dis rien, Calixte.

CALIXTE.

Cette visite nocturne m'a terrifié. Je suis au désespoir de vous avoir compromis sérieusement aux yeux de César; car Decimus ne laissera pas échapper cette occasion de lui prouver son zèle. Il nous perdra d'autant plus facilement que nous ne serons pas là pour nous défendre. D'ailleurs, j'ai le malheur d'être riche, et c'est aujourd'hui un grand crime.

POMPEDIUS.

Mes amis, vous voyez trop en noir. Nos explications ont paru le satisfaire, et mon insouciance apparente...

MINUCIANUS.

Dont peut-être il n'a pas été dupe.

VALERIUS ASIATICUS.

Il ne suffit pas à ce misérable de venir nous épouvanter de sa figure de valet-bourreau, il faut encore qu'il nous laisse un ver rongeur après son départ.

QUINTILIE.

Pour quelle raison veut-il savoir si j'ai passé la soirée...?

AQUILA.

Puisque nous le tenions au milieu de nous et qu'il peut nous perdre, pourquoi l'avons-nous laissé partir?

CALIXTE.

Parce qu'il était impossible de faire autrement.

AQUILA.

Impossible? Ah! si je n'avais pas craint de vous compromettre malgré vous, je n'aurais pas hésité un moment à le livrer aux furies qui l'attendent.

QUINTILIE.

Ton dessein était noble et courageux, mais inexécutable.

AQUILA.

Très-exécutable, et la preuve, la voilà!

(Il montre un poignard.)

MINUTIANUS.

Plus cette tyrannie devient insupportable, plus nous devons travailler à nous en délivrer. Allons, citoyens, du courage : un coup de poignard, et Rome est vengée. Puisque nous sentons tous le poids de nos chaînes, ne laissons à qui que ce soit l'honneur de les briser. Hâtons-nous d'arracher à d'affreux supplices les milliers de victimes que le monstre a résolu d'abandonner encore à ses bourreaux ; hâtons-nous, pour Rome et pour nous-mêmes, de renverser un pouvoir usurpé qui n'est fort que de notre coupable résignation, de notre patience et de notre lâcheté. Brutus et Cassius nous ont laissé un grand exemple à suivre. Les ides de mars, mes amis, les ides de mars ! C'est dans cette page de l'histoire que sont tracés en caractères de sang nos devoirs de

citoyen. Eh! qu'avons-nous à craindre dans cette
grande entreprise? La mort? Qu'est-ce donc que la
vie sous l'affreux Caligula? Mais nous triompherons
de cet assassin; et, si même les dieux nous étaient
contraires, n'aurions-nous pas pour nous la patrie
en pleurs, notre conscience, et le doux pressentiment de la voix de la postérité? (Il prend le poignard
d'Aquila.) Jurons tous sur ce poignard, par les mânes
sacrés des héros qui sont morts au champ de Philippes, d'immoler Caïus à la liberté, de détruire à
jamais la tyrannie, de rétablir la république, et
d'exterminer le sénat s'il s'y oppose.

TOUS LES PERSONNAGES.

Nous le jurons!

MINUCIANUS.

Rome sera vengée de la défaite de Pharsale et des
crimes des Césars.

AQUILA.

Je vous propose un noble complice de plus, un
homme ferme, un citoyen qui hait autant que nous
Caïus et ses satellites, et qui pourra nous répondre,
par son grade dans les troupes prétoriennes, du
succès de nos grands desseins.

CALIXTE.

Qui est-ce?

AQUILA.

Le tribun Cassius Cherea.

AMPRONAS.

Je t'approuve. Cherea est digne du nom qu'il
porte. C'est mon ami; je réponds de lui.

QUINTILIE.

Je puis me tromper, mais je crois qu'il est dangereux pour nous de chercher des complices dans
la garde de César.

AMPRONAS.

Encore une fois, je suis sûr de Cherea comme de
moi-même.

CALIXTE.

Brave, républicain, et tous les jours en butte aux
plaisanteries indécentes de Caïus (1), on ne risque
rien de le sonder au moins.

AQUILA.

N'ayez aucune inquiétude : je le verrai sans témoin. Confident des sentimens généreux qui nous
animent, s'il a le malheur d'hésiter, il est mort. Il
ira révéler notre conspiration aux enfers.

VALERIUS ASIATICUS.

A cette condition, j'y consens.

CALIXTE.

Mes amis, que résolvons-nous avant de nous
quitter?

AQUILA.

D'être fidèles à nos sermens, de mourir avec
notre secret, de ne jamais nous trahir les uns les
autres, même au milieu des tortures, et de ne né-

gliger aucun moyen de hâter le moment de notre délivrance, en poignardant le tyran incestueux, le tyran sanguinaire qui tient Rome expirante sous le glaive des bourreaux. Vive la liberté!

TOUS LES PERSONNAGES.

Périsse le tyran!

(Ils vont vers la porte pour s'en aller. Grand bruit.)

SCÈNE VII.

LES MÊMES PERSONNAGES, UN CENTURION, TROUPE DE PRÉTORIENS, L'ESCLAVE de Calixte, qui entre précipitamment.

L'ESCLAVE, d'un air effrayé.

Un centurion, accompagné de prétoriens...

CALIXTE.

Dieux! nous sommes perdus. (A Aquila qui porte la main à son poignard.) Garde-toi bien...

QUINTILIE, à Calixte.

De la fermeté! Le tyran ne saura rien de moi : sois tranquille.

(Le centurion et les prétoriens entrent.)

LE CENTURION.

Je vous arrête tous par ordre de César. Suivez-moi à l'instant même.

CALIXTE.

Moi?

LE CENTURION.

Oui, toi et tes complices.

AMPRONAS.

C'est encore là un crime de Decimus.

VALERIUS ASIATICUS.

Nous prouverons à l'empereur...

CALIXTE.

Comment! parce que j'ai réuni chez moi quelques amis...

LE CENTURION.

Ni justification, ni résistance. Soldats, emparez-vous des conjurés, et sortons!

FIN DU PREMIER ACTE.

ACTE II.

SCÈNE PREMIÈRE.

Il est jour.

Appartement de Césonie.

CÉSONIE, ÉMILIE. Elles entrent d'un air agité.

ÉMILIE.

Non, Césonie, non, tu ne m'éviteras pas. Soulage
mon cœur ; tire-moi de l'inquiétude mortelle où je
suis. Ne vois-tu plus en moi ta meilleure amie ? Ai-je
mérité de perdre ta confiance ?

CÉSONIE.

Ah ! ma chère Émilie.....

ÉMILIE.

Pourquoi donc ces pleurs que tu cherches en vain
à me cacher ? Caïus te menacerait-il aussi de ses
fureurs ? La mère de Julie Drusille craindrait-elle
d'être arrachée du lit de César ? Qui fit égorger son
frère (1), pourrait bien attenter aux jours de sa
femme !

CÉSONIE.

Graces aux dieux, Caïus n'a pas encore menacé

ma vie! Non, Émilie, ce n'est pas lui que je crains;
il m'aime plus qu'il n'a jamais aimé aucune de ses
sœurs (2). Le philtre amoureux que je lui ai fait
prendre (3) me répond de lui, et l'enchaîne à moi
par des liens de volupté que je resserre tous les
jours. Enfin je ne redoute rien de Caïus, mais Rome
m'épouvante, Rome plus malheureuse, plus tyran-
nisée qu'elle ne l'a jamais été sous Tibère, Rome
livrée à d'infâmes délateurs, à qui la rage sanguinaire de César impose sans cesse de nouvelles victimes. Cette oppression sanglante doit avoir un
terme. Ou l'empereur, mieux inspiré, ramènera les
jours heureux qui signalèrent le commencement de
son règne, ou les Romains fatigués de tant de crimes
se vengeront de lui et de tous les siens. Et cependant j'ai eu plus d'une fois le courage de lui dire
la triste vérité (4), mais l'univers ignore mes conseils et mes pleurs! Cet avenir effrayant pour ma
fille et pour moi me poursuit même dans mes songes;
il m'oppresse le jour et pendant mon sommeil; rien
ne peut m'y soustraire. Cette nuit encore....

ÉMILIE.

Cette nuit.....

CÉSONIE.

Écoute, et tu vas frémir.... Caïus sortait de mon
lit. Enivré de mes charmes, il voulut me faire voir
dépouillée de tout vêtement à sa cour (5), et ordonna aux courtisans qui se trouvaient alors au pa-

3

lais de se présenter devant moi. Quoiqu'ils fussent déjà accoutumés à cette indécence inouïe et même contre nature, car l'amour n'a jamais la vanité d'étaler aux yeux les charmes secrets qu'il adore, un d'eux détourna ses regards de moi, par pudeur sans doute; mais Caïus s'en aperçut, et, furieux de ce qu'il appelait une marque de mépris pour sa femme, il décapita lui-même ce malheureux. Les courtisans applaudirent à l'adresse de l'exécuteur, et firent rouler, en se jouant, la tête de la victime, qui vint s'arrêter à mes pieds.

ÉMILIE.

Dieux! quel horrible songe!

CÉSONIE.

Je m'évanouis; mais, revenue à moi, je me vis couverte de sang. Caïus, pour faire briller, disait-il, la finesse et la blancheur de ma peau, avait voulu m'envelopper de pourpre diaphane, et il se mit à rire. Ses éclats furent si terribles et si rauques, que les bêtes féroces du cirque y répondirent par leurs mugissemens. Effrayée, hors de moi et ne pouvant plus supporter l'horreur de cette position, je me précipitai au milieu de la foule des courtisans et courus me jeter dans le Tibre, pour me délivrer de mon épouvantable parure de pourpre. Là, je vis flotter à côté de moi la tête sanglante que mon époux venait d'abattre, et, s'attachant à mon sein, elle me prédit que Rome allait renaître à la liberté; que l'on aiguisait les poignards qui devaient la délivrer de mon infâme Caïus; que Minos préparait les supplices destinés aux tyrans, et que moi-même......

ÉMILIE.

Calme-toi, Césonie. Comment peux-tu croire sur la foi d'un songe....?

CÉSONIE.

Et que moi-même je recevrais le prix de mon philtre amoureux et de mon impudicité (6). Un moment après je me perdis dans les ténèbres, et, cherchant une issue pour sortir de ce lieu de désolation, je trouvai sous mes pas une terre d'airain, aride, brûlante, et sillonnée d'espace en espace de flammes livides que les vents déchaînés semblaient pousser vers moi. Épouvantée, comme tu peux le croire, je voulus fuir, mais en vain. Retenue par une puissance invisible qui triomphait de tous mes efforts, je me vis tout à coup entourée de spectres couverts de linceuls ensanglantés, et j'entendis une voix sépulcrale qui me disait : *Césonie, ramasse ce qui est à tes pieds.* Dieux ! c'était ma fille expirante que l'on venait d'écraser contre une pierre : *Césonie, reçois les baisers voluptueux du misérable qui va t'aborder.* C'était Caïus, Caïus sorti du tombeau et baigné dans son sang; il pressa mes lèvres de ses lèvres glacées, me serra dans ses bras roidis par la mort, et m'entraîna avec lui dans un

3.

abîme qui se referma sur nous..... Voilà, ma chère Émilie, voilà l'horrible avenir que m'annoncent les dieux. (Elle verse des larmes.)

ÉMILIE.

Ce songe est effrayant, mais enfin ce n'est qu'un songe. Quoi! pousser la crédulité au point de regarder de pareilles visions d'une imagination frappée comme un oracle infaillible!

CÉSONIE, avec attendrissement et en posant la main sur son cœur.

Je sens là quelque chose qui confirme malheureusement mon songe. C'est trop de sang, trop de victimes. Caïus périra.

ÉMILIE.

Je déplore ainsi que toi sa tyrannie. Mais que pourrait-on tenter contre Caïus, toujours entouré de prétoriens et d'amis ?

CÉSONIE.

La vengeance et la haine sont aussi redoutables que la garde prétorienne qui veille aux portes du palais. Rien ne peut nous sauver du poignard d'un ennemi qui ne craint pas de mourir, et Lepidus aura des successeurs. Son exemple.....

ÉMILIE.

Lepidus a succombé; lui et ses complices ont péri dans les tortures. Crois-moi, Césonie : les hommes qui se dévouent à la mort, même pour le salut de tous, sont très-rares. Tibère n'a-t-il pas terminé son odieuse carrière dans un âge avancé ?

Et Séjan, quoique jouissant d'un pouvoir presque
égal à celui de son maître, n'a-t-il pas fait naufrage
au port? Je ne te dirai pas de compter sur les dieux,
car ils ne peuvent prendre Caïus sous leur égide;
mais compte sur ta bonne fortune et sur les obstacles à peu près insurmontables....

CÉSONIE.

Ma chère Émilie, tu veux m'endormir au bord
de l'abîme.

ÉMILIE.

Non, Césonie, mais je voudrais te tranquilliser.
Caïus mort aujourd'hui sans successeur, Rome ne
saurait dans quelles mains déposer le pouvoir suprême. Sois persuadée que la crainte de la guerre
civile est encore plus grande que ne peut l'être la
haine que l'on a pour ton époux.

CÉSONIE.

Dans quelles mains, dis-tu?

ÉMILIE.

Oui.

CÉSONIE.

Tu oublies donc que Claude est du sang des
Césars ?

ÉMILIE.

Claude n'est pas un homme que l'on puisse élever à l'empire, mais sa profonde nullité sera peut-
être le bouclier de Caïus. Que deviendrait le monde
sous le sceptre d'un pareil imbécile?

CÉSONIE.

Émilie, quiconque succédera à Caïus, Claude ou tout autre, peu importe, se fera facilement aimer, et l'univers lui obéira. D'ailleurs, ne sais-tu pas que l'on cherche depuis quelque temps à réveiller de vieux souvenirs? Des sénateurs, fatigués de la tyrannie, ont osé prononcer le mot de république!

ÉMILIE.

Rêve absurde. Les prétoriens s'opposeront toujours à une révolution qui les réduirait à n'être plus que les esclaves obéissans des consuls et du sénat. Cette soldatesque, qui a tout à gagner sous un maître qui la caresse et la flatte parce qu'il ne peut se passer d'elle, car elle fait sa force, ne consentira jamais à un changement de gouvernement.

CÉSONIE.

Puisses-tu ne pas te tromper!

SCÈNE II.

CANINIUS JULUS, CÉSONIE, ÉMILIE, UN CENTURION.

LE CENTURION.

Le sénateur Caninius Julus supplie l'auguste Césonie de vouloir bien l'admettre un moment en sa présence.

CÉSONIE.

Tu peux l'introduire.

(Le centurion se retire, et C. Julus entre un instant après.)

C. JULUS.

Césonie voudra-t-elle bien me pardonner la liberté que je prends de me présenter devant elle sans lui en avoir demandé la permission dans les formes ordinaires, et avant l'heure accoutumée où elle reçoit.... ?

CÉSONIE.

Tu sais, noble sénateur, que pour toi Césonie est toujours visible. Je ne t'ai jamais confondu avec les lâches courtisans que rassemblent autour de moi les grandeurs que je dois à César. Si tu as quelque chose d'important à me communiquer, parle avec franchise et sans crainte. Caïus n'en saura rien, et Émilie est une autre moi-même.

C. JULUS.

Je ne me suis donc pas trompé! Tu es digne d'entendre la vérité, et je vais te la dire, pour toi, pour ta fille, pour Caïus et pour Rome.

CÉSONIE.

Que tous les favoris de César ne te ressemblent-ils! Mais, hélas! on ne voit à sa cour que des hommes qui perdront l'état et lui.

C. JULUS.

Ton cœur, Césonie, a compris la mission que le mien m'impose aujourd'hui, et je viens te tirer, s'il est encore possible, du profond abîme où t'entraîne Caïus. Ne nous dissimulons pas que la foudre populaire plane sur la tête coupable de ton époux, et que, peut-être même, il n'est plus temps de l'écarter. Toi qu'il paraît aimer avec frénésie, toi à qui il a donné des preuves publiques d'un attachement qui va jusqu'à l'idolâtrie, tu ne peux donc rien sur lui? Car il m'est impossible de croire que tu aies conseillé ou approuvé les infamies et les crimes qui épouvantent le monde depuis trois ans.

CÉSONIE.

Non, sénateur, jamais; tu me rends justice. Mais mes conseils sont repoussés avec colère, et mes larmes méprisées sèchent sur ce cœur de bronze que rien ne peut attendrir.

C. JULUS.

Eh bien! Césonie, encore de nouveaux efforts. Plus la tâche est difficile, plus Rome sera reconnaissante; Rome qui, je dois le dire, t'accuse d'être cause de ses malheurs, et qui t'enveloppe aujourd'hui dans sa haine pour Caïus. (Césonie paraît très-émue.) Je suis profondément affligé de devoir porter l'épouvante dans ton ame, mais ce n'est qu'à ce prix, ce n'est qu'en te disant la vérité tout entière, que je puis espérer de sauver ton époux et toi-même de la fureur du peuple et du poignard des conspirateurs.

CÉSONIE.

Je connais les sentiments de Rome à mon égard, et cependant les dieux me sont témoins que jamais je n'approuvai les crimes de Caïus.

C. JULUS.

J'en suis persuadé, Césonie; mais, malheureusement pour toi, les Romains.....

CÉSONIE, avec émotion.

Que n'ai-je été répudiée, comme Orestilla (1), quelques jours après mon mariage! je serais peut-être heureuse et tranquille. Ah! si les femmes qui envient mes grandeurs étaient témoins de mes larmes secrètes, si je pouvais leur ouvrir mon cœur dévoré de soucis et de craintes, aucune d'elles ne voudrait partager à ce prix la couche de César; honneurs empoisonnés que l'habitude affadit, et dont on ne connaît le néant que sur le trône....! Je parlerai encore à l'empereur, j'essayerai...... Puissent de nouvelles instances ramener à la raison un homme qui paraît l'avoir perdue! Mais je désespère de réussir. Élevé dans une atmosphère de crimes sous Tibère, et livré depuis long-temps aux perfides flatteries, aux conseils parricides des courtisans, des délateurs et des bourreaux, Caïus est devenu inaccessible à la vérité, et à toute idée qui ne caresse pas sa défiance ombrageuse.

C. JULUS.

Il n'y a pas de temps à perdre, Césonie. La terre

tremble autour de toi, et le volcan qui menace de t'engloutir avec Caïus gronde déjà sous ton palais. Decimus vient encore de découvrir une conspiration. Calixte, Valerius Asiaticus et plusieurs autres ont été arrêtés cette nuit....

CÉSONIE, à Émilie et à voix basse.

Cette nuit, et pendant mon songe! entends-tu?

C. JULUS.

Commence par obtenir leur grace de l'empereur, et puis....

CÉSONIE.

Quoi! Calixte aussi!

C. JULUS.

N'était-il pas sous le glaive comme chacun de nous? Quelle que soit l'amitié dont Caïus paraît l'honorer, pouvait-il être tranquille au milieu de ses immenses richesses sous un prince qui dilapide en folies ridicules les trésors de l'état, et qui fait assassiner des personnages consulaires pour en hériter avant le temps prescrit par la nature?

CÉSONIE, à Émilie.

Eh bien! ma chère Émilie, crois-tu encore que Lepidus n'aura pas de successeurs?

ÉMILIE.

Hélas! je n'ose plus lire dans l'avenir.

C. JULUS, à Césonie.

L'avenir sera terrible pour toi si tu ne parviens pas à le conjurer. Ton génie effrayé du sort qui

t'attend m'impose le douloureux devoir de te dire
encore une fois que tu seras victime de la haine
publique que les Timidius, les Protogène et plusieurs autres misérables attachent au nom de Caïus,
si tu n'as pas le bonheur d'inspirer à ce prince des
sentimens de justice et d'humanité qui puissent
faire oublier au peuple romain des crimes dont
Tibère même n'a pas donné l'exemple. Nous ne
sommes plus sans doute au temps de nos anciens
consuls, et la liberté, telle que la voulaient Cassius
et Brutus, ne serait aujourd'hui qu'une folie, que
le rêve d'un citoyen né cent ans trop tard. Mais
l'affreuse tyrannie de Caïus n'est d'aucun siècle;
car n'oublie pas, Césonie, que si les hommes quelquefois veulent bien souffrir un maître, un Auguste,
jamais ils ne consentent à se laisser écraser impunément par un prince dont la tyrannie délirante ne
connaît plus de bornes. Ce profond mépris de Caïus
pour un peuple qui se rappelle avec orgueil que ses
aïeux, libres et vainqueurs de toutes les nations,
commandaient dans Rome par la voix des tribuns,
et à l'univers par la victoire : ce profond mépris,
dis-je, doit exaspérer tous les cœurs généreux, et y
jeter des levains de haine et de vengeance qui nous
présagent les plus funestes catastrophes. Je te supplie donc au nom des dieux, au nom de Rome, au
nom de ta fille et même de Caïus, d'user de toutes
les ressources de ton esprit et de ton cœur pour

tâcher de persuader à César qu'il marche à sa perte, qu'il n'y a pas un seul Romain digne de l'être qui n'aspire à lui arracher la vie, et que tous les vils courtisans qui l'entourent et même sa garde prétorienne seront impuissans contre l'exécration des Romains amassée sur sa tête.

CÉSONIE.

Je n'oublierai pas la preuve que tu viens de me donner de ton attachement et de l'intérêt que tu me portes, et si jamais il est en mon pouvoir....

ÉMILIE.

Silence! César avec son Timidius.

C. JULUS.

Il ne faut qu'un homme comme lui pour perdre un prince.

ÉMILIE, à part.

Oui, quand ce prince est naturellement disposé à l'écouter.

SCÈNE III.

CAIUS, CÉSONIE, CANINIUS JULUS, ÉMILIE, TIMIDIUS, DECIMUS, PROTOGÈNE, LUCIUS-VITELLIUS, GARDES.

CAIUS. Il entre à pas précipités.

Oui, Decimus, oui, il faut les livrer aux plus

affreux supplices; il faut écraser dans leur sang tous ces Romains qui rampaient sous Tibère, et qui ont aujourd'hui l'audace de relever la tête. Point de grace, point de pitié ! Si le vainqueur de Pharsale avait exterminé le sénat, au lieu de s'endormir dans les bras de ses ennemis, il n'aurait pas succombé sous le poignard de quelques misérables qui ne sont célèbres que par sa mort. Que Rome sache qu'il n'y a qu'un maître, qu'il n'y a qu'un roi (1). Peu importe que l'on me haïsse, pourvu qu'on me craigne (2). Je veux que mon glaive soit la terreur de l'Empire, qu'on l'adore à genoux, et que la terre se taise devant ma divinité (3).

CÉSONIE, bas à C. Julus.

Je ne triompherai jamais d'un pareil caractère.

CAIUS.

Ne voulais-tu pas me parler, Vitellius?

L. VITELLIUS.

Profondément affligé de la cruelle indisposition du très-puissant César, je croyais pouvoir me permettre de lui demander s'il était tout-à-fait rétabli, et si nous devions des sacrifices aux dieux.

CAIUS.

Je me porte beaucoup mieux qu'hier. L'intérêt que tu me témoignes t'honore et me fait plaisir. (Vitellius salue l'empereur et veut se retirer.) Reste, Vitellius. Je veux te rendre justice devant toute ma cour, et j'ordonne que l'on répète mes paroles dans Rome.

J'ai aujourd'hui la preuve que l'on t'avait calomnié pour te perdre ; tu es innocent des malheurs de Tiridate. Je sais que tu ne fus pas complice des Parthes quand ils chassèrent ce prince du trône d'Arménie.

L. VITELLIUS, il se jette aux pieds de Caïus.

Je jure de sacrifier désormais à Jupiter-Latin comme à mon dieu libérateur.

CAIUS.

Sacrifie aussi à la lune dont j'ai la gloire d'être le mari. Ne nous as-tu jamais vus ensemble?

L. VITELLIUS, en baissant les yeux.

César, vous autres dieux, vous n'êtes visibles qu'aux dieux. Les regards des faibles mortels ne peuvent s'élever jusqu'à vous (4).

CAIUS.

Je te rendrai le gouvernement de Syrie.

(Timidius, Protogène et Decimus s'approchent de Vitellius avec des marques de respect, et ont l'air de le complimenter sur ce que vient de lui dire l'empereur.)

C. JULUS, à part.

Pauvres Syriens! on dispose d'eux comme d'un troupeau de moutons.

CAIUS.

(Il s'approche de Césonie et l'embrasse en souriant.)

Cette belle tête tombera quand je voudrai (5).

ÉMILIE.

Tu ne le voudras jamais.

C. JULUS, à part.

Je n'en répondrais pas.

CAIUS, à Césonie.

Émilie a raison peut-être, car depuis la mort de ma sœur Drusille, je ne suis heureux que dans tes bras.... Il me prend quelquefois envie de te faire donner la question pour savoir de toi pourquoi je t'aime tant (6). (Il rit, et les quatre courtisans rient aussi.)

C. JULUS, bas à Césonie.

Nous sommes ici dans l'antre du lion.

CAIUS, à C. Julus.

Que dis-tu?

C. JULUS.

Que le très-puissant César donnerait là une preuve d'amour beaucoup plus originale qu'humaine.

PROTOGÈNE.

Caninius Julus, ce manque de respect pour l'empereur est intolérable.

C. JULUS.

C'est à Caïus que j'ai l'honneur de parler et non à toi.

CAIUS.

Laisse-le dire, Protogène; c'est une habitude : je n'ignore pas qu'il se permet quelquefois contre son empereur....

CÉSONIE, avec crainte et émotion.

Jamais, Caïus, jamais.

CAIUS.

Qu'en sais-tu ? point de pleurs inutiles, point de réflexions qui m'irritent.

TIMIDIUS, bas à Decimus en souriant.

Il est à nous.

CAIUS, à C. Julus.

Avoue franchement que tu ne m'épargnes pas toujours.

C. JULUS.

J'ai toujours loué Caïus succédant à Tibère aux acclamations de Rome, des provinces et de l'armée ; Caïus allant chercher religieusement, dans l'île Pendataire et dans l'île Pontia, les cendres de sa mère et de ses frères ; Caïus donnant à un mois de l'année le nom de son vertueux père Germanicus ; Caïus répondant à de perfides amis qui l'engageaient au crime, qu'il n'avait point d'oreilles pour les délateurs ; Caïus donnant quatre-vingt mille sesterces à une femme affranchie qui, malgré les tortures, n'avait pas voulu accuser son maître ; enfin Caïus, digne de l'honneur que lui fit le sénat en décrétant que le jour de son avénement à l'Empire serait célébré comme l'anniversaire de la fondation de Rome (7). Mais je ne puis me joindre aujourd'hui à ces courtisans qui, ennemis de ta gloire, te plongent dans le sang et t'entraînent dans l'abîme ; à ces courtisans....

CAIUS, à tous.

Approchez-vous tous ; c'est de vous que l'on me parle. (A C. Julus.) Continue.

C. JULUS.

Les bourreaux ne m'intimident pas. A mon âge, Caïus, on sait dire la vérité et mourir, et je vais te le prouver. Je ne crains ni les Decimus, ni les Protogène, mais ils m'épouvantent pour toi, pour ta famille et pour Rome. Comment peux-tu donner toute ta confiance à des hommes qui te poussent sans cesse à des actes de tyrannie qui révoltent l'univers, et qui, bien loin de fortifier ton pouvoir, l'ébranlent de plus en plus tous les jours? Quel est aujourd'hui le père qui soit sûr de ne pas voir succomber demain son fils sous les plus fausses accusations d'infâmes délateurs? Quel est le Romain qui puisse répondre que sa fortune et sa femme ne lui seront pas ravies? Indocile à la raison, à la vertu, à ton propre bonheur.....

CAIUS, avec colère.

Tais-toi!

C. JULUS.

J'obéis.

CAIUS.

Si j'avais la faiblesse de suivre tes conseils, je ne serais plus maître du monde dans un mois. Entouré de sujets rebelles, de conspirateurs......

C. JULUS.

C'est l'ouvrage de tes valets. Sois un Auguste, et Rome ne conspirera pas.

CAIUS.

Non, je serai Tibère, Tibère terrible et implacable. Tout m'est permis et contre tous (8). Ton insolence mérite d'être punie, et je veux.....

CÉSONIE.

César, mon cœur indigné se jette entre la victime et les bourreaux; tu assassines la vertu. Écoute.....

CAIUS.

Quelle audace! Une femme ose m'outrager à ce point! Tu t'en repentiras. (A C. Julus.) Je veux que tu meures.

C. JULUS.

Je te remercie, prince clément, de m'avoir accordé cette faveur; je n'attendais pas moins de tes vertus. (Avec force.) Et moi je te condamne à un aveuglement aussi invincible qu'atroce, dont tu ne reviendras que percé de vingt coups de poignard, mais il ne sera plus temps. Voilà l'avenir qui pèse sur ta tête. J'en jure par les dieux : tu te rappelleras ces paroles d'un mourant.

CAIUS, à Protogène.

Délivre-moi de lui, et fais en sorte qu'il se sente mourir (9). Au moment même : point de retard.

C. JULUS, à Césonie.

Adieu, femme infortunée. Que n'es-tu morte dans le sein de ta mère! (A Caius.) Et toi, boue pétrie avec du sang, je vais t'attendre. (Il sort accompagné de Protogène et de quelques gardes.)

SCÈNE IV.

CAIUS, CÉSONIE, ÉMILIE, TIMIDIUS, DECI-
MUS, LUCIUS VITELLIUS, JULIE DRU-
SILLE, un (instant après) DEUX CENTURIONS.

TIMIDIUS.

Il se repentira bientôt de ses beaux discours tragiques.

L. VITELLIUS, à Caius.

Tu viens de faire preuve d'un sang-froid qui t'honore : personne n'a plus d'empire sur soi-même que
toi. Mais c'est enhardir l'insolence que de la souffrir
si long-temps, c'est compromettre la majesté de tes
aïeux et la tienne que de daigner seulement écouter
un homme qui a l'audace criminelle de ne pas te
respecter comme César, de ne pas t'aimer comme
Providence du monde, de ne pas t'adorer comme
dieu. (Il s'éloigne un peu de Caius en s'inclinant profondément.)

DECIMUS.

César, qu'ordonnes-tu de Lilius?

CAIUS.

De ce poëte d'Atella, qui a eu l'audace de faire
un vers équivoque (1)?

DECIMUS.

Oui.

4.

CAIUS.

Il mériterait bien d'être battu avec des chaînes jusqu'à la mort, comme notre entrepreneur de spectacles l'a été dernièrement, mais je ne pourrais résister au plaisir d'assister à son supplice, et l'odeur des plaies m'incommode (2). Qu'on le brûle dans l'arène. Je voudrais pouvoir en faire autant de Virgile, poëte sans génie, et de Tite-Live, historien verbeux et inexact (3). A propos, j'oubliais..... Il faut que le père de Lilius voie mourir son fils.

DECIMUS.

C'est un vieillard de quatre-vingts ans, perclus de tous ses membres.

CAIUS.

Je lui enverrai ma litière (4).

DECIMUS.

Il suffit.

CAIUS.

Avons-nous apuré tous nos comptes (5)?

DECIMUS.

Non, César. Nous avons encore Sextus Papinius, fils d'un consulaire; Balienus Bassus, son questeur; des sénateurs, des chevaliers, et trois plébéiens très-riches que j'ai arrêtés la nuit dernière. Je ne te parle pas de la canaille qui est enterrée dans les caves basses.

CAIUS.

Qui sont ces plébéiens?

DECIMUS.

Je n'en connais qu'un; il se nomme Sena, et a été mis à la torture avec Lepidus et les autres conjurés. Ces hommes me paraissent d'autant plus suspects qu'ils ont prétendu faussement, quand je les ai arrêtés, qu'ils revenaient de chez Quintilie; je dis faussement, car j'ai trouvé Quintilie chez Calixte.

CAIUS.

Ces plébéiens, dis-tu, sont très-riches?

DECIMUS.

On me l'a assuré.

CAIUS.

Aux bêtes du cirque.

DECIMUS.

Et les autres?

CAIUS.

On les décapitera ce soir dans mon jardin, aux flambeaux, et en ma présence (6). Quant aux misérables des caves basses, fais scier tout cela en deux.

DECIMUS.

Tu seras obéi.

CAIUS.

J'ordonne aussi que Calixte et ses complices......

CÉSONIE, presque à genoux et les mains jointes.

César, mon cher Caïus....

CAIUS.

Il regarde un moment Césonie avant de lui répondre.

Tu es si séduisante quand tu supplies avec douceur qu'il faut bien t'accorder quelque chose. Nous examinerons cette affaire à fond ; mais malheur à eux s'ils ne se justifient pas complètement (7)! Pourquoi donc ta fille n'est-elle pas avec toi?

CÉSONIE, à Émilie.

Va la chercher, Émilie.

(Émilie sort et un centurion entre.)

LE CENTURION.

Très-puissant César, le chevalier que l'on doit livrer aux bêtes dans une heure s'écrie qu'il est innocent, et que, s'il avait pu te voir, il se serait justifié.

CAIUS.

Qu'on lui arrache la langue (8).

(Le centurion étonné hésite à se retirer.)

Faut-il te le répéter? Qu'on lui arrache la langue.

(Le centurion sort et Julie Drusille entre avec Émilie.)

A Julie Drusille qu'il prend dans ses bras.

Bon jour, petite Julie. As-tu bien dormi?

JULIE DRUSILLE.

Oui, papa.

CAIUS.

Qu'as-tu fait depuis que tu es levée?

JULIE DRUSILLE.

J'ai tué beaucoup de mouches et j'ai crevé les yeux, pour m'amuser, à deux oiseaux de ma petite volière (9).

L. VITELLIUS.

Quelle jolie enfant! c'est le portrait vivant de son auguste mère.

TIMIDIUS.

Elle est très-avancée pour son âge.

CAIUS, à Julie Drusille qu'il tient encore dans ses bras.

Ne me tire donc pas les cheveux ; tu me fais mal.

JULIE DRUSILLE.

(Elle lui pince les joues.)

Cela me fait plaisir.

CAIUS.

Si tu ne cesses pas, je te renverrai à tes oiseaux.

JULIE DRUSILLE.

Eh bien ! je les plumerai tous.

(Caïus la met à terre.)

CÉSONIE.

Tu n'es pas sage, Julie.

DECIMUS.

Cette enfant a des reparties inconcevables : c'est un prodige d'esprit.

(Julie Drusille tend les bras à L. Vitellius qui la prend dans les siens, et l'embrasse avec respect ; un moment après il jette un grand cri.)

CÉSONIE, à L. Vitellius.

Qu'as-tu donc ?

L. VITELLIUS, en se défendant contre Julie Drusille.

C'est que l'auguste enfant veut m'arracher les yeux.

DECIMUS.

Elle te prend pour un oiseau.

(Caïus rit aux éclats.)

L. VITELLIUS, à Césonie.

Je la rends à son incomparable mère.

ÉMILIE, à part.

Rends-la plutôt à son père.

(Un centurion entre.)

LE CENTURION.

César, Lentulus demande à être admis en ta présence.

CAIUS.

Qu'il entre.

(Un moment de silence.)

LENTULUS, en s'inclinant profondément.

Je ne sais comment témoigner mes respects au très-clément César, ainsi que mon éternelle reconnaissance pour la grace qu'il a bien voulu m'accorder, en me rappelant d'un exil rigoureux que je n'avais pas mérité.

CAIUS.

J'ai cru te rendre justice. Que faisais-tu à Rhodes ?

LENTULUS.

Je comptais sur l'avenir, et j'implorais les dieux.

CAIUS.

Que leur demandais-tu?

LENTULUS.

Ce qui est arrivé : que Tibère mourût et que tu régnasses (10).

CAIUS.

J'en conclus que ceux que j'ai exilés me souhaitent la mort. (A Decimus.) Je veux que l'on passe au fil de l'épée tous les exilés dans toute l'étendue de l'Empire (11).

DECIMUS.

Tu n'as pas d'autres ordres à me donner?

CAIUS.

Non.

(Decimus sort.)

CÉSONIE, à Caïus.

Je voudrais t'entretenir un moment en particulier.

CAIUS, à tous.

Retirez-vous.

CÉSONIE, à Émilie.

Emmène ma fille; je te rejoindrai bientôt.

SCÈNE V.

CAIUS, CÉSONIE.

CÉSONIE.

Me permettras-tu, mon cher Caïus, de te parler franchement, de te confier tous les soucis qui me dévorent, enfin de t'ouvrir mon cœur comme à un autre moi-même?

CAIUS.

Que me dis-tu? Toi, des soucis, des chagrins! toi qui partages avec moi le trône du monde!

CÉSONIE.

Je ne partage que tes dangers, et tes caresses

mêmes sont des menaces. Ma belle tête qui tombera
au premier signe de ta main....

CAIUS.

Tu n'en crois rien, Césonie. Pardonne de cruel-
les plaisanteries que je condamne moi-même comme
des folies indignes de moi. Tiens, je vais te faire un
aveu qui t'étonnera; c'est que je m'aperçois souvent que j'extravague (1), mais je ne sais quelle
puissance plus forte que ma propre volonté m'entraîne à des actions que je déteste.

CÉSONIE.

Quoi! tu sens toi-même?...

CAIUS, il porte la main à son front.

Oui, je sens là quelque chose que je ne puis
m'expliquer. Mes courtisans me plaisent, et, un
instant après, je les méprise. Je frappe de mon
glaive tous ceux qu'atteignent mes soupçons, et cependant tout sentiment d'humanité n'est pas éteint
dans mon cœur. Je veux et ne veux pas.... je souffre plus que ceux qui périssent par mes ordres. La
main des dieux jaloux de mes grandeurs semble s'ap-
pesantir.... Mais que peuvent-ils contre moi? N'ai-
je pas des statues et des prêtres, des adorateurs et
des temples? ne suis-je pas dieu comme eux?

CÉSONIE.

Ne compare pas ta puissance à la leur, Caïus;
tu n'es qu'un homme.

GAIUS.

Je suis César.

CÉSONIE.

Oui, sans doute, mais Auguste et Tibère ont des tombeaux.

CAIUS.

Je te comprends. Puisque les Césars ne sont pas immortels sur la terre comme les dieux dans l'Olympe, j'ai donc raison de me défendre contre mes ennemis, contre les conspirateurs, contre Rome entière qui....

CÉSONIE.

Rome tomberait à tes pieds si tu le voulais, et le plus puissant des princes serait aussi le plus heureux des hommes.

CAIUS.

Non, Césonie, non, je dois régner par la terreur, par le sang, ou les ambitieux qu'irrite mon pouvoir, me l'arracheront un jour le poignard à la main. Tibère! Tibère! voilà le modèle à suivre dans le rang élevé où ma naissance et la fortune m'ont placé. Crois-tu que je m'aveugle sur les protestations d'amitié et les respects des grands de l'Empire? Je sais qu'ils me haïssent tous, qu'ils désirent ma mort, et qu'ils m'assassineraient s'ils le pouvaient impunément. Je renonce au vain projet de gagner leur amitié. Un prince, me disait Tibère, très-peu de jours avant de mourir, un prince n'est honoré qu'aussi long-temps qu'il est craint : dès qu'on cesse de le redouter, il tombe dans le mépris (2).

CÉSONIE.

Si j'osais te dire la vérité....

CAIUS.

Parle.

CÉSONIE.

Et m'adresser à cette partie de toi-même qui, de ton aveu, s'élève quelquefois contre tes propres résolutions....

CAIUS.

Je t'écoute.

CÉSONIE.

Avec calme ?

CAIUS.

Je te le promets.

CÉSONIE.

Une question, Caïus : Es-tu heureux ?

CAIUS.

Non.

CÉSONIE.

Pourquoi donc t'obstines-tu à suivre des maximes politiques qui font ton malheur ? Quoi ! tu exaltes le génie de Tibère....

CAIUS.

Parle avec respect de ce grand homme, Césonie.

CÉSONIE.

Ce grand homme a-t-il joui seulement d'un instant de tranquillité et de bonheur ?

CAIUS.

Non, peut-être, mais c'était le résultat de sa position. Assis sur un volcan qui grondait sans cesse, il devait le conjurer pour lui imposer silence et en enchaîner les fureurs. Tibère n'eût pas régné six mois s'il eût aimé et estimé les hommes : il m'a appris qu'un prince, pour gouverner ses sujets sans péril et sans être contredit, doit les mépriser, car alors il ne les épargne pas. Ce n'est qu'en les écrasant qu'on les fait ramper : je te lance là quelques traits de mes veilles (3).

CÉSONIE.

Ne crains-tu pas que les dieux.... ?

CAIUS.

Les dieux sont toujours pour celui qui est maître du glaive, et je le porte.

CÉSONIE.

Quel aveuglement, mon cher Caïus ! et que le règne d'Auguste répond victorieusement à Tibère ! Le prince heureux et tranquille, les sujets remerciant tous les jours ce grand homme du bonheur.....

CAIUS.

Je ne suis pas né pour leur plaire, mais pour m'en faire obéir. En voilà assez. Tes réflexions commencent à me fatiguer.

CÉSONIE.

Ainsi, tu ne veux donc plus paraître devant les

Romains qu'entouré de délateurs et de bourreaux?

CAIUS.

Je veux que tu ne t'occupes que du soin de me plaire, et que tu me laisses gouverner Rome et l'univers à ma fantaisie.

CÉSONIE.

Tu devrais ne pas oublier cependant que mon sort est lié au tien ; et, pour te dire toute la vérité, on me croit complice de tes fureurs.

CAIUS, avec colère.

De mes fureurs !

CÉSONIE.

Calme-toi, cher Caïus, calme-toi. Qui osera donc te donner le moindre conseil, si moi, ta femme, je ne puis t'adresser un seul mot sans exciter ta colère? Rentre en toi-même, descends tranquillement dans ton cœur, et dis-moi, la main sur la conscience, si tous ceux que tu as fait mourir au milieu des supplices.....

CAIUS.

Tous étaient coupables ou allaient le devenir.

CÉSONIE.

Je pourrais cependant en nommer un qui ne l'était pas et qui ne le serait pas devenu.

CAIUS.

Je le nie.

CÉSONIE.

Caninius Julus.

CAIUS.

Si tu étais persuadée de son innocence, pourquoi ne m'as-tu pas demandé sa grace (4)?

CÉSONIE.

Je te l'ai demandée, et tu m'as répondu que je m'en repentirais.

CAIUS.

Il fallait insister. Ne connais-tu pas ton empire sur moi?

CÉSONIE.

Je n'aurais rien obtenu.

CAIUS.

Je jure par les dieux que tu te trompes.

CÉSONIE.

Ces mots consolateurs m'enhardissent, et je vais te mettre à l'épreuve.

CAIUS.

Je m'y soumets volontiers.

CÉSONIE.

Écoute-moi, mon cher Caïus. Commence aujourd'hui à être bon, à être sensible, et l'univers t'adorera. Pourquoi te faire haïr? Il est si doux d'aimer et d'être aimé. Ne le sens-tu pas quand nous sommes ensemble? Oui, tu en es persuadé, et ton cœur, abandonné à lui-même, serait toujours juste et humain. Mais tes flatteurs le gâtent, le flétrissent, le corrompent, et fouillent dans ton ame pour y trouver de mauvais levains qu'ils font fermenter aux

dépens de ton bonheur et de ta gloire. Laisse-là l'affreuse politique de Tibère; elle est indigne de toi;
et d'ailleurs où l'a-t-elle conduit? A vivre continuellement dans les alarmes, dans la terreur. Comment
ce prince, forcé de s'exiler de Rome pour fuir le
poignard des conspirateurs, peut-il être un objet
d'admiration pour toi? Ah! si son cœur gangrené
de haine, de vengeance, de crimes et de remords,
pouvait un instant pénétrer le tien et l'abreuver de
ses angoisses, tu renoncerais, pour t'en délivrer, à
l'empire du monde. Tu seras heureux et tranquille
dès que tu voudras l'être. Un peu de raison et de
justice, et tout sera réparé, oui, tout. Rome n'attend de toi qu'un retour à la vertu pour se jeter
à tes pieds et encenser tes autels. (Caïus paraît ému.) Allons, mon cher Caïus, ne repousse pas les inspirations de ton bon génie; c'est la voix des dieux qui
parle dans ton cœur.

CAIUS.

Mais comment pardonner à des factieux qui veulent ma mort? Comment puis-je laisser impuni le
crime d'un Calixte? Calixte! lui que j'ai toujours
aimé, lui que je mettais au rang de mes meilleurs
amis !

CÉSONIE.

S'il est coupable, je conviens qu'il mérite.....

CAIUS.

Pourquoi mets-tu en doute ce qui est prouvé ?

CÉSONIE.

On n'a rien prouvé jusqu'à présent. Appelles-tu preuve une délation de Decimus ? Quoi ! envoyer au supplice un ami sans l'entendre, sans lui permettre de répondre à son accusateur ! J'en appelle de Caïus irrité à Caïus dans son bon sens : est-ce là de la justice ?

CAIUS.

Eh bien ! je cède à tes instances. Je verrai Calixte, et, s'il est innocent, je lui rendrai mon amitié.

CÉSONIE.

Je n'en demande pas davantage..... Que notre entretien ne soit pas perdu pour toi. Sois bien convaincu, mon cher Caïus, que mon bonheur dépend du tien, que mes conseils n'auront jamais d'autre but que ta véritable gloire, et que Césonie est non seulement ta meilleure amie, mais qu'elle est encore plus heureuse de posséder ta personne et ton cœur que de partager avec toi le trône du monde. Viens dans mes bras, mon digne empereur. (Elle l'embrasse.) Que je suis donc contente de toi ! Que n'es-tu toujours aussi aimable que tu pourrais l'être ! Car, il faut le dire, tu ne l'es pas depuis quelque temps, surtout avec ta Césonie que tu effraies de tes propos rien moins qu'amoureux. Mais je serai juste et généreuse. Ce que tu viens de m'accorder pour me

5

plaire mérite un pardon complet. Tout est oublié, et faisons la paix. (Elle lui donne sa main à baiser.)

CAIUS, en lui baisant la main.

Sirène.....!

(Cassius Cherea entre.)

CÉSONIE.

N'oublie pas tes engagemens.

CAIUS.

Je les renouvelle.

CÉSONIE, en se retirant.

Adieu. Tu me trouveras chez Julie Drusille.

CAIUS.

J'y serai dans un instant.

SCÈNE VI.

CAIUS, CASSIUS CHEREA.

CAIUS.

Que veux-tu, Cherea ?

C. CHEREA.

Le mot d'ordre.

CAIUS.

Pyrallide.

C. CHEREA.

Toujours le nom d'une courtisane (1)!

CAIUS.

Cela te fâche et je le conçois, car à ton âge et avec ta voix efféminée on n'est propre à rien. Pyrallide, entends-tu ? ou Priape, ou Vénus (2) ; à ton choix.

(Il sort en riant.)

C. CHEREA, seul.

Je serai propre à quelque chose, et tes mépris te coûteront cher. La république sortira de son tombeau, et dévorera toi et les tiens. Il y a long-temps que je médite cette action généreuse ; il faut enfin qu'elle s'accomplisse, et que le monstre tombe du trône aux gémonies. O liberté, divinité des grandes ames, c'est toi que j'implore ! Donne la force à mon bras, l'intelligence à mon esprit, le courage à mon cœur, et Rome sera libre et vengée.

FIN DU SECOND ACTE.

5.

ACTE III.

SCÈNE PREMIÈRE.

Le lendemain au matin.

Appartement de l'empereur.

CN. SENTIUS SATURNINUS, Q. POMPONIUS SECUNDUS, UN CENTURION, GARDES. (Ils entrent.)

LE CENTURION.

Consuls, Caïus-César vous ordonne de l'attendre ici.

SATURNINUS.

Nous obéirons.

(Le centurion se retire.)

POMPONIUS, à voix basse.

Nous allons recevoir peut-être notre arrêt de mort.

SATURNINUS.

Je cherche à me rappeler si, par malheur, je n'aurais pas dit ou fait quelque chose......

POMPONIUS.

Peine inutile. Tu sais bien que tout est crime
aux yeux de César.

SATURNINUS.

Hélas! oui, et que Rome aujourd'hui a la tête
dans la poussière.

POMPONIUS.

Elle la relèvera peut-être; mais parlons plus bas.
Les gardes qui sont derrière nous ont des oreilles,
et Caïus a des bourreaux.

SATURNINUS.

Crois-tu que cela puisse durer encore long-temps.

POMPONIUS.

Non, l'arc est trop tendu. Tu vois que les conspirations naissent les unes des autres; un jour il y en
aura une qui réussira.

SATURNINUS.

Puissions-nous n'être pas égorgés avant!

POMPONIUS.

Il faut s'attendre à tout. Quant au malheureux
Calixte, je le regarde comme perdu, lui et ses complices.

SATURNINUS.

Et il aura pour complices tous ceux dont Caïus
voudra se défaire : nous en serons peut-être.

POMPONIUS.

Que diraient aujourd'hui, grands dieux! les
Decius et les Camille, s'ils pouvaient savoir que des

consuls attendent ici dans la terreur ce que voudra bien ordonner d'eux un homme dont les fureurs ne respectent ni le sexe, ni l'âge, ni l'innocence, ni la vertu?

SATURNINUS.

Ils rougiraient pour Rome, et ne reconnaîtraient pas en nous.... mais le voici.

SCÈNE II.

CAIUS, SATURNINUS, POMPONIUS, GARDES.

CAIUS.

Consuls, je me suis fait attendre pour m'amuser un peu de vos funèbres conjectures. Je vois dans vos yeux que cette audience vous effraie, et que vous en craignez les résultats.

SATURNINUS.

César, nous respectons beaucoup trop Jupiter-Latin pour oser penser qu'il puisse se tromper. De fausses apparences justifient sans doute ce qu'il voit en nous, mais nous sommes si convaincus de sa justice que nous ne pouvons redouter ses rigueurs.

POMPONIUS.

Je me joins à Saturninus....

CAIUS.

J'ai cependant de graves reproches à vous faire, ou plutôt au sénat.

POMPONIUS.

Si tu le crois, Caïus, le sénat est coupable, car Rome et l'Empire te regardent comme infaillible. Permets-moi cependant de te dire que les sénateurs ne sont que des hommes, et que, n'étant pas doués comme toi d'un génie surnaturel, ils peuvent errer même en voulant te plaire : je te supplie de vouloir bien accueillir cette excuse, et de considérer que le plus bel attribut d'une divinité toute-puissante est de pardonner les fautes involontaires.

CAIUS.

Je suis content de toi, Pomponius, mais le sénat n'en a pas moins tort de blâmer continuellement Tibère. Je veux qu'il respecte la mémoire de ce grand homme; je le veux.

SATURNINUS.

Il se soumettra à tes ordres, comme il s'est soumis jusqu'à présent à ton opinion sur ce prince; car, j'oserai te le rappeler, il croyait, en s'élevant contre Tibère, n'être que l'interprète de ce que tu en pensais toi-même.

CAIUS.

J'avais le droit de censurer les actions de mon prédécesseur; mais le sénat n'a pas le droit de désapprouver la conduite de son maître et de son souverain ; il a honoré Tibère pendant sa vie; qu'il l'honore après sa mort. D'ailleurs ce prince n'a rien fait tout seul; vous avez sanctionné ses rigueurs

par vos décrets, et, s'il a commis des crimes, vous
êtes ses complices (1). Mais il ne vous appartient
pas de comprendre la politique de mon prédécesseur; elle est trop élevée pour vous, trop au-dessus
de vos consciences timorées. Tibère connaissait les
hommes; il savait que leur lâcheté et leurs vices sont
le plus ferme appui du pouvoir suprême, et qu'il
y a bien plus de profit à tirer de la perversité du
cœur humain que de ses vertus.... Il y a une mare
infecte dans l'homme; tout prince assez puissant et
assez riche pour la remuer et s'en rendre maître,
est toujours sûr de triompher de ses ennemis, car
alors il a presque autant de valets que de sujets. Je
vous lance là quelques traits de mes veilles (2).

POMPONIUS.

Quand on a l'honneur de s'entretenir avec toi,
Caïus, on est toujours étonné de l'étendue de ton
génie. Tes réflexions sont d'une profondeur que
Tibère même t'aurait enviée.

SATURNINUS.

César désire-t-il que nous fassions connaître au
sénat?...

CAIUS.

Oui.... je veux que Tibère soit respecté, et que
l'on célèbre à l'avenir le jour de sa naissance.

SATURNINUS.

Tous les ordres de l'état s'empresseront de t'obéir.

CAIUS.

Il n'y a pas d'ordres dans l'état; César est tout.

POMPONIUS.

Et César suffit à Rome. Heureux l'Empire s'il connaissait son bonheur!

CAIUS.

Dites aussi au sénat que si de nouvelles conspirations éclatent encore contre moi, je transporterai le siége du gouvernement à Antium ou à Alexandrie.

SATURNINUS.

Nous n'oserons pas le menacer de ce malheur. Au nom des dieux, Caïus....

CAIUS.

Je vous l'ordonne.

SATURNINUS, en s'inclinant.

Tes ordres seront toujours sacrés pour nous.

(Caïus rit aux éclats.)

Peut-on se permettre de demander au très-puissant César ce qu'il a à rire?

CAIUS.

C'est que je songe que d'un signe de tête je puis vous faire égorger tous les deux (3).

POMPONIUS.

Si le sacrifice de notre vie pouvait sauver la tienne des complots de quelques factieux, nous n'hésiterions pas à le faire; mais, cette condition exceptée, nous voulons vivre pour t'obéir et t'adorer.

C'est la seule volonté que nous nous permettrons
jamais d'opposer à ton pouvoir, parce qu'elle est
digne de toi et glorieuse pour nous.

CAIUS, aux gardes.

Que l'on cherche Vitellius et Protogène.(Aux consuls):
Vous pouvez vous retirer.

SATURNINUS.

Flattés de l'honneur que tu viens de nous faire,
en nous ordonnant de respecter la mémoire de ton
immortel prédécesseur....

CAIUS.

C'est bien, c'est bien. Laissez-moi.

(Les consuls se retirent.)

SCÈNE III.

CAIUS.

Comme je leur ai fait peur! Il rit. J'aurais voulu
que Rome fût témoin de leur humble contenance et
de leur lâcheté.... J'aurai bientôt l'occasion de leur
prouver que je ne me contente pas toujours de flatteries; ils tomberont forcément dans le piége. Au
prochain anniversaire de la bataille d'Actium, ils
oublieront de célébrer la victoire d'Auguste ou ils y
songeront. Dans les deux cas, insulte et crime de
lèse-majesté; car je descends d'Auguste par ma
mère, et d'Antoine par mon aïeule Antonia : je les
tiens. Il se frotte les mains et fait signe aux gardes de se retirer.

SCÈNE IV.

CAIUS, VITELLIUS, PROTOGÈNE, un instant après.

VITELLIUS.

César, je m'empresse de me rendre à tes ordres.

CAIUS.

J'attends aussi Protogène pour le consulter ainsi que toi sur le parti à prendre.... mais le voici.

(Protogène entre.)

Viens, mon fidèle serviteur, viens, j'ai besoin de tes conseils.

PROTOGÈNE.

Je n'aurai jamais l'orgueil de croire que mes lumières.....

CAIUS.

Ta modestie te fait honneur, mais entrons vite en matière, car il n'y a pas de temps à perdre. Que savez-vous, que pensez-vous l'un et l'autre de Calixte? Parlez franchement.

PROTOGÈNE.

Puisque tu me le permets....

CAIUS.

Je te l'ordonne même.

PROTOGÈNE.

Je crois que Calixte est un homme dangereux; il jouit d'une fortune immense, et cela suffit. Un

possesseur de quelques millions de sesterces peut facilement solder des mécontents et en faire des conjurés. Tant que toutes les richesses des particuliers
ne t'appartiendront pas, tant que l'on pourra des-
cendre, l'argent à la main, jusqu'aux dernières clas-
ses du peuple pour les soulever contre toi au nom
d'Auguste ou de la république, tu ne jouiras pas
d'un seul moment de tranquillité. Il y a long-temps,
tu le sais, que telle est mon opinion, non-seulement
sur Calixte, mais sur tous les riches. L'or est une
puissance qu'il ne faut pas mépriser, car elle peut
lutter sourdement contre la tienne. N'oublie pas que
si Séjan n'avait pu acheter des complices, il n'aurait jamais songé à l'Empire.

VITELLIUS.

César, ce que vient de dire Protogène est digne
du favori que tu honores de tant de bienveillance.
Mais ne serait-il pas injuste de regarder tous les
riches sans exception comme tes ennemis, et le remède ne serait-il pas plus dangereux que le mal
qu'on redoute? On ne peut se dissimuler que si le
principe de Protogène passait seulement le seuil du
palais, il répandrait une telle consternation dans
Rome et dans l'Empire, qu'il en résulterait un sou-
lèvement général dont les conséquences pourraient
être épouvantables. Quant à ce qui regarde Calixte....

PROTOGÈNE.

Vitellius s'est enrichi dans son gouvernement de

Syrie, et ne songe qu'à lui; moi, je n'ai pas de fortune, et je ne pense qu'à César.

VITELLIUS.

Je ne crois pas mériter......

CAIUS, à Protogène.

Eh bien! je te donne deux millions de sesterces sur les confiscations à venir. Persistes-tu encore dans ton opinion?

PROTOGÈNE.

Je suis incorruptible. Ma vie et le trésor que tu me donnes seront à toi dès que tu croiras que ce sacrifice......

CAIUS.

Tu n'as rien à craindre, mais je n'en suis pas moins touché de ton dévouement. (A Vitellius.) Eh bien donc! tu disais que Calixte.....

VITELLIUS.

Je crois qu'il faut surveiller cet affranchi, car il est lié avec des sénateurs qui me paraissent eux-mêmes très-suspects. Pompedius, Minucianus et plusieurs autres, qui ne font aucun mystère de leurs principes républicains, sont admis journellement à sa table, et je me trompe bien s'ils n'ourdissent pas ensemble quelque complot contre toi; aussi ai-je appris leur arrestation avec plaisir. Ce conciliabule de nuit révèle de mauvais desseins. Mon avis est donc que tu dois au moins t'assurer pour quelque temps de Calixte et de tous ceux que l'on a arrêtés chez lui, sans en excepter Quintilie.

PROTOGÈNE.

Demi-mesure, et par conséquent faute politique.
On ne se soustrait au poignard de ses ennemis qu'en
les mettant dans l'impossibilité d'agir.

VITELLIUS.

Il me paraît que retenus en prison.....

PROTOGÈNE (*).

L'or peut en ouvrir les portes. Aux grands maux,
les grands remèdes : la mort. Nous agitons ici une
question qui n'en eût certainement pas été une sous
Tibère. Ce grand prince savait qu'un sujet suspect
aux yeux du chef de l'état doit être traité comme
s'il était coupable, car il peut l'être, et il n'en faut
pas davantage. Soyons rigoureusement justes dans
les affaires ordinaires de la vie, mais quand il s'a-
git de César et de l'Empire, point de ménagemens.
Aux particuliers sans mission politique, la morale
vulgaire; aux princes et à leurs conseillers, la morale du trône et de la nécessité qui permet tout. La
justice des rois, c'est tout ce qui peut contribuer
à affermir leur pouvoir. Sortez de là, et le vaisseau
de l'état abandonné à tous les vents, sans pilote et
sans guide, fait nécessairement naufrage. Il faut que

(*) Je prie le lecteur de ne pas m'attribuer les maximes qu'il va
lire, et de ne pas oublier que je fais parler ici Protogène, homme
abominable, ministre d'un prince plus abominable encore.

les princes n'aient d'autres règles de conduite que
leurs volontés, car leurs ennemis les attaquent aussi
par tous les moyens que peuvent inspirer la haine
et la vengeance. Qui ne ménage rien ne doit pas
être ménagé ; qui conspire contre son prince doit
être mis à mort, et non condamné par jugement ;
qui viole les lois, n'a pas le droit de les invoquer
pour soi. César, garde-toi de commettre la faute que
les hommes d'état reprocheront toujours au dernier
Tarquin. Si ce roi eût laissé tomber sur Brutus le
glaive dont il l'avait menacé, il n'eût jamais été
chassé de Rome.

CAIUS.

Les conseils que vous me donnez l'un et l'autre
sont tout-à-fait dans mes principes, et je vous réponds que, sous mon règne, un Brutus, quelque rôle
qu'il jouât, ne m'échapperait point. Mais ce serait
peut-être faire beaucoup trop d'honneur à Calixte
et à ses amis que de les placer à la hauteur de ce
vieux Romain. D'ailleurs, il faut dire la vérité :
nous n'avons aucune preuve contre Calixte, excepté
ses liaisons avec quelques sénateurs qui ne m'aiment
pas.. . . . .

PROTOGÈNE.

C'est beaucoup.

CAIUS.

Oui, sans doute, mais ce n'est pas assez pour le
condamner sans l'entendre, lui dont je n'ai jamais

eu à me plaindre jusqu'à présent, et qui m'a souvent
donné des preuves de dévouement et de respect. Je
croyais apprendre, en vous consultant, quelques
faits qui viendraient à l'appui de mes soupçons, et
alors j'aurais frappé le traître impitoyablement. Mais
comme l'accusation ne repose encore sur rien de
positif, je trouve convenable de ne pas précipiter
cette affaire et de tenir ce que j'ai promis à Césonie.

VITELLIUS.

Peut-on te demander sans indiscrétion....?

CAIUS.

De faire paraître Calixte en ma présence et de
ne prendre aucune résolution avant de l'avoir in-
terrogé. Césonie est persuadée qu'il est impossible
que cet affranchi ait conspiré contre moi. Au surplus, j'en saurai bientôt davantage, car je vais mettre
sa fidélité à une rude épreuve.

PROTOGÈNE.

Caïus, Césonie est femme et ne peut te conseiller
que des faiblesses. Un grand prince comme toi ne
devrait écouter que la raison d'état.

CAIUS.

Je le sens bien, mais il n'est pas facile de résister
toujours aux caresses de l'amour et à la douce élo-
quence d'une femme qu'on adore.

PROTOGÈNE.

Fassent les dieux que tu ne sois pas victime de
ta bonté!

VITELLIUS.

César est dieu lui-même, et ne doit invoquer que lui.

PROTOGÈNE, à part.

Allons ! de plus en plus. Il n'y a pas moyen de rivaliser de flatteries avec cet homme-là. S'il ne part pas bientôt pour son gouvernement de Syrie, il nous éclipsera tous.

(Pendant que Protogène dit son aparté , Calixte et Decimus entrent.)

CAIUS, à Vitellius.

Laisse-moi. (A Protogène.) Ne t'éloigne pas ; j'aurai peut-être des ordres à te donner.

SCÈNE V.

CAIUS, CALIXTE, DECIMUS.

CAIUS, à Decimus.

Ne nous perds pas de vue.

DECIMUS.

César, point de faiblesse.

(Il se retire.)

CAIUS, à Calixte.

Je t'accorde une faveur dont je désire que tu sois digne ; c'est à Césonie que tu la dois : mais je t'avertis que si ta défense n'est pas claire et convaincante, rien ne pourra te soustraire à la mort. Réponds-moi. Pourquoi reçois-tu chez toi mes ennemis ? Pourquoi leur donnes-tu des repas pendant la nuit ? Pourquoi

6

affectes-tu de ne te lier d'amitié qu'avec des factieux qui ont toujours le mot de république à la bouche? Pourquoi enfin ne parais-tu plus à ma cour?

CALIXTE.

Avant de répondre aux questions que daigne m'adresser le très-puissant César, je me permettrai de lui demander s'il m'accorde toute liberté dans ma défense.

CAIUS.

Oui. Justifie-toi; je le désire.

CALIXTE, en se jetant aux pieds de Caïus.

O Caïus! est-il possible que je sois réduit, moi, l'ami de ton enfance, à te prouver....

CAIUS.

Relève-toi.

CALIXTE.

Je vais donc te dire la vérité, et si tu veux n'écouter que tes propres inspirations, tu m'en estimeras davantage. Je connais ton cœur; il serait juste et bon......

CAIUS.

Je sais tout cela : passons.

CALIXTE.

César, tu es entouré de courtisans dont les faux rapports n'ont d'autre but que de t'isoler de tes vrais amis pour te perdre, et te livrer au poignard de quelques ambitieux cachés qui veulent s'emparer de ton pouvoir. Je les accuse tous de haute trahison;

car s'ils n'étaient pas coupables de ce crime de lèse-
majesté, les verrait-on se précipiter en foule dans
ton palais pour t'empoisonner de terreur, de déla-
tions mensongères, et te dicter des arrêts sanglans
qui vont porter la désolation dans les familles les
plus respectables? Oui, Caïus, un génie fatal à Rome
et à toi domine depuis quelque temps tes destinées;
il t'entraîne forcément dans une carrière aussi épouvantable que dangereuse; il amasse sur ton auguste
tête la haine des Romains, et prépare les voies aux
ambitieux qu'irritent tes grandeurs. C'est en te montrant des ennemis dans tous ceux qui ont un nom
illustre ou qui jouissent de quelque fortune; c'est
en menaçant sans cesse de ton glaive inexorable des
hommes tout-à-fait inoffensifs, et jusqu'à de mal-
heureuses femmes qu'il est plus qu'absurde de soupçonner de conspiration; en un mot, c'est en ulcérant
ton cœur contre tout mérite, contre toute vertu, que
tes perfides flatteurs sont parvenus à te faire haïr,
et à se jouer de ta cruelle crédulité. Mais pouvais-
je penser que moi-même je ne serais pas à l'abri de
cette fureur d'accusations qui a saisi presque tous
ceux que tu admets dans ton intimité? Quel est donc
le courtisan en qui tu dois avoir plus de confiance
qu'en moi? Où est-il? Qu'il se montre et ose m'accuser en face! Serait-ce Vitellius, Timidius, Hélicon? Misérables que tu méprises, et dont le nom
seul est une injure. Eh quoi! Decimus entre dans

6.

ma maison; il y voit une femme et quelques-uns de
mes amis qui ne pensent pas plus à rétablir la république que tu n'y penses toi-même, et il en con-
clut que je conspire avec eux contre l'Empire! Conspirer avec Quintilie, avec Pompedius! Peux-tu le
croire? Avec Pompedius, épicurien qui ne s'est jamais occupé que de ses plaisirs, et dont la vie est
toute sensuelle! César, voici notre conspiration, non
telle que Decimus l'a inventée, mais telle qu'elle
est. J'avais invité quelques personnes à souper; le
repas terminé.....

CAIUS.

Un peu tard, car c'est au milieu de la nuit que
Decimus a trouvé compagnie chez toi.

CALIXTE.

J'en conviens, mais c'est Pompedius et Quintilie
qui en sont cause. S'étant mis à déclamer des vers
de Sénèque, et à chanter des odes d'Anacréon....

CAIUS.

Le moment était bien choisi!

CALIXTE.

Je te jure au nom des dieux que nous ignorions
ton indisposition, et que jamais réunion d'amis ne
fut plus innocente que la nôtre. Si Decimus a eu
l'air d'en être alarmé, c'est que cet homme a besoin
d'inventer des conspirations pour se donner le mérite de les découvrir : faute d'autres victimes, il te
livrerait son père et sa mère.

CAIUS.

Défends-toi, et n'accuse pas.

CALIXTE.

Te reste-t-il encore quelque doute sur mon innocence?

CAIUS.

Oui. Rien ne me prouve que tu m'aies dit la vérité.

CALIXTE.

César, ma position est très-périlleuse, car tu de-
mandes l'impossible.

CAIUS.

En quoi?

CALIXTE.

On m'accuse d'un crime, et je le nie; c'est tout
ce que je puis faire. Puisque Decimus me croit
coupable, qu'il le prouve.

CAIUS, après avoir réfléchi.

Je veux bien, par égard pour notre ancienne
amitié, et surtout par condescendance pour Césonie,
ne pas trop presser les soupçons qui déposent contre toi et tes amis. Je vous rendrai donc la liberté,
mais j'y mets une condition, car il me faut plus que
des paroles pour me prouver ton innocence et le
dévouement que tu me dois : c'est que Quintilie
subira la question, et que tu te chargeras de la lui
donner.

CALIXTE.

Moi, Caius, moi? à l'innocence et à la beauté, à une femme que j'adore? jamais! plutôt mourir mille fois dans les plus affreux supplices.

CAIUS.

Je vois que tu crains que la douleur ne lui arrache la vérité.

CALIXTE.

César, je ne serai jamais le bourreau de ma maîtresse : tu peux prendre ma vie.

CAIUS.

Eh bien! un autre m'obéira, mais malheur à toi si les aveux de Quintilie te compromettent!

CALIXTE.

Comment veux-tu qu'une femme puisse résister à d'horribles tourmens? Elle avouera tout ce que les bourreaux lui ordonneront d'avouer. Est-ce là l'humanité et la justice que j'avais le droit d'attendre d'un prince que j'ai toujours aimé et respecté? Eh quoi! tu ne vois donc pas que la question est un instrument de mensonges, que le fort y résiste, que le faible y succombe, et que des membres déchirés prouvent bien plus la cruauté des bourreaux que les aveux de la victime ne prouvent sa culpabilité. Tu es très-sûr, sans doute, du cœur de Césonie; eh bien! livre-la aux douleurs de la torture, et tu lui feras avouer des crimes dont elle est incapable.

CAIUS, avec colère.

Une comédienne et la femme de César! Ce rapprochement est une insolence qui mériterait d'être punie.

CALIXTE.

Je n'ai pas voulu comparer....

CAIUS.

En voilà assez. (A Decimus qui paraît à la porte de la salle) : Reconduis Calixte en prison. (A Calixte) : Et toi, rends grace à mes anciens souvenirs, et surtout à Césonie, car tu sais que jusqu'à présent mes soupçons ont toujours été des preuves. Va retrouver tes amis, et prie les dieux que ta maîtresse ne te donne pas la mort.

CALIXTE.

Innocenté par son courage ou accusé par sa faiblesse....

CAIUS.

Retire-toi. (A Decimus) : Dis à Protogène que je l'attends.

SCÈNE VI.

CAIUS.

Tous ces raisonnemens sont fort beaux, mais la question n'en est pas moins un excellent moyen de savoir la vérité. Si j'y renonçais, je ne saurais plus rien du tout, et les conspirateurs iraient tête levée,

car il est impossible quelquefois de prouver légale-
ment ce qui est. Avec un peu d'adresse on trame
des complots dont on ne laisse aucune trace.... J'ai
dû céder; il l'aime : d'ailleurs il eût mollement obéi
à mes ordres.... Qui donc chargerai-je?... (Il se pro-
mène à grands pas.) Protogène? Non. Il faut que le bourreau soit lui-même à la torture en la donnant : deux
supplices au lieu d'un.... Mais si je prenais mon
tribun à la voix efféminée.... Pourquoi pas? Voilà
l'homme qui me convient. Craignant d'être accusé
de faiblesse et même de complicité, il n'épargnera
pas Quintilie, et c'est ce que je veux (1).

SCÈNE VII.

CAIUS, PROTOGÈNE.

CAIUS.

Va dire à Cherea de donner la question à Quintilie : je veux savoir à quoi m'en tenir.

PROTOGÈNE.

Je vois avec plaisir que le très-puissant César a
secoué le joug qu'on voulait lui imposer.

CAIUS.

Pas tout-à-fait peut-être, mais je suis sur la route.
Si cette comédienne les accuse, je te les livre tous.

PROTOGÈNE.

Pourquoi donc ne me charges-tu pas de cette

commission importante? Ai-je démérité auprès de toi? Et Cherea que tu railles sans cesse, t'inspire-t-il aujourd'hui plus de confiance...?

CAIUS.

Non, Protogène, non; mais j'ai mes raisons pour agir ainsi. S'il survient quelque chose que tu veuilles me faire savoir, tu me trouveras chez Césonie. A tantôt.

(Il fait quelques pas pour se retirer.)

PROTOGÈNE.

César, tu vas essuyer encore de nouvelles déclamations sentimentales.

CAIUS.

Elles n'auront aucun succès.

PROTOGÈNE.

Pendant le jour peut-être, mais....

CAIUS.

Ni même pendant la nuit. Va donner mes ordres à Cherea.

(Il s'avance vers la porte de la salle.)

SCÈNE VIII.

CAIUS, PROTOGÈNE, SATURNINUS, POMPONIUS, BATHYBIUS, CLUVITUS, LE SÉNAT, UN CENTURION.

LE CENTURION.

Très-puissant César, le sénat attend, dans le

salon de Livie, l'honneur d'être admis en ta présence.

CAIUS, avec humeur.

Que me veut-il?

LE CENTURION.

C'est pour déposer à tes pieds un décret important.

CAIUS.

Qu'il entre.

(Le centurion se retire.)

A Protogène : Pense à notre tribun.

PROTOGÈNE.

Je vais lui donner tes ordres au moment même.
(En se retirant et à part.) Malgré tout ce qu'il vient de me
dire, je vois baisser mon crédit. Charger ce vil
tribun...; c'est un affront dont je me vengerai.
Cherea ne sait pas à qui il a affaire; je le lui ap-
prendrai dans peu.

(Tous les autres personnages de la scène entrent.)

CAIUS.

Consuls et sénateurs, vous avez porté, dit-on,
un décret que vous venez présenter à mon accep-
tation; mais quelle est donc votre audace de vous
attribuer les fonctions de législateurs sans y être
autorisés par moi, votre souverain et votre maître?
Il ne me souvient pas que, sous mon prédécesseur,
vous ayez eu cette témérité, et dorénavant vous ne
l'aurez pas impunément sous Caïus : les Césars ne

reçoivent point la loi; ils la donnent. Voyons cependant ce sénatus-consulte.

(Saturninus s'avance avec respect, et le présente à Caïus qui le lit
pendant que Pomponius parle.)

POMPONIUS.

Très-clément César, tu verras que, bien loin d'affecter une indépendance que nous regarderions tous
comme un acte de rébellion, nous nous sommes
empressés au contraire de t'obéir avec une promp-
titude et un zèle qui doivent nous honorer à tes
yeux, et te prouver que le sénat saisit toujours toutes les occasions de te montrer son respect inviolable,
son dévouement que rien ne pourra altérer, et sa
profonde soumission à tes ordres.

CAIUS.

Je suis satisfait de la résolution du sénat. En
célébrant tous les ans le jour de la naissance de
Tibère, les Romains apprendront à respecter la mémoire de ce grand homme que j'ai pris pour modèle, et consacreront le principe du pouvoir absolu
dans la personne des Césars; pouvoir sacré qui,
pour le bonheur de Rome et de l'univers, ne doit
être ni contesté ni contredit. Vous auriez dû peut-
être m'accorder quelque chose de plus qu'une simple
ovation....

PLUSIEURS SÉNATEURS.

Les honneurs du triomphe à César, les honneurs
du triomphe!

CAIUS.

Car votre décret sur Tibère est mon ouvrage, et
la gloire m'en appartient tout entière; mais je veux
bien me contenter de ce que vous avez fait pour
moi.

(Il aborde brusquement Bathybius.)

Quand on reste un an sans paraître à ma cour,
on ne doit plus s'y présenter, Retire-toi.

BATHYBIUS.

César, mon âge et mes infirmités sont cause.....

CAIUS.

Dois-je te le dire deux fois?

(Bathybius se retire.)

Et toi, Cluvitus, il y a long-temps aussi que je
ne t'ai vu.

CLUVITUS.

Puissant César, je vois que j'ai eu souvent le malheur de ne pas être aperçu au milieu de la foule
des très-humbles sujets qui s'empressent journellement de venir te présenter leurs respects, car autrement tu ne me ferais pas ce reproche. Daigne te
rappeler que j'accompagnais Philon dans l'audience
que tu lui as accordée il y a quelques jours, et que
même tu m'as fait l'honneur de m'adresser la parole.

CAIUS.

Tu as raison, je l'avais oublié..... Cet ambassa-
deur des Juifs est un homme éloquent (1), et je
ne connais que moi dans Rome qui lui soit supé-
rieur sous ce rapport (2).

CLUVITUS.

Caïus, il y a bien loin ici de la seconde place à la première. Philon d'ailleurs est un rêveur dont les opinions religieuses sont plus qu'absurdes. Son dieu, comme tu l'as dit avec beaucoup de raison, est un dieu qu'il ne saurait nommer (3).

CAIUS, en riant.

Et qui ordonne de s'abstenir de manger de la chair de porc (4).

(Presque tout le sénat rit aussi (5).

Au surplus, ces mutins fanatiques se repentiront bientôt d'avoir renversé mes autels à Jamnia. Petronius, que je viens d'envoyer en Judée avec des forces imposantes, a reçu l'ordre de placer, dans le temple de Jérusalem, ma statue colossale ornée des attributs de Jupiter Olympien. Nous verrons si leur dieu sans nom sera plus puissant que moi.

CLUVITUS.

Tes foudres le feront trembler, et les Juifs s'habitueront à s'incliner devant ta majesté divine.

CAIUS.

Je le souhaite pour eux, car je ne souffrirai pas leurs mépris. La terre est à genoux; les Juifs s'y mettront.

SATURNINUS.

Si Jupiter-Latin n'a pas d'autres ordres à nous donner, nous n'abuserons pas plus long-temps de l'honneur qu'il a bien voulu nous faire.... Nous sa-

vous combien son temps est précieux à Rome et à
l'Empire.

CAIUS.

Vous pouvez vous retirer.

(Les consuls et les sénateurs saluent Caïus, et
s'avancent vers la porte de la salle.)

A propos, j'oubliais..... (A Saturninus, à voix basse.)
Si j'en crois Timidius, et il se trompe rarement, tous
les complices de Lepidus n'ont pas été punis. Je te
ferai remettre une liste des préteurs, des sénateurs
et des édiles que l'on soupçonne d'avoir pris part à
cette conspiration ; et, après qu'ils se seront démis
de leurs charges, tu leur ordonneras de comparaître
devant le sénat en habits de criminels (6). Le reste
me regarde.

SATURNINUS.

César, tu peux compter sur ma respectueuse
obéissance.

(Il suit le sénat qui se retire.)

CAIUS.

Me voilà enfin délivré de ce troupeau d'esclaves
et de valets ! Allons trouver Césonie.

FIN DU TROISIÈME ACTE.

~~~~~~

ACTE IV.

SCÈNE PREMIÈRE.

Le lendemain.

(Une prison. On voit à droite une petite porte au-dessus de laquelle
sont écrits ces mots : SALLE DES TORTURES.)

VALERIUS ASIATICUS, MINUCIANUS, POM-
PEDIUS, AMPRONAS, AQUILA, QUINTI-
LIE, un GEOLIER.

(Le Geôlier entre.)

LE GEÔLIER.

On va vous donner à souper (1).

QUINTILIE.

Je n'ai pas faim. Quelle attente! Et qu'allons-nous
devenir ?

LE GEÔLIER.

Allons, allons, un peu de courage. On ne gagne
rien à se désoler.

AQUILA.

Je ne mangerai pas non plus.

POMPEDIUS.

Moi, je mangerai bien un peu, pourvu cependant
que ta cuisine soit supportable.

LE GEÔLIER.

Tu en seras content.

POMPEDIUS.

A la bonne heure.

LE GEÔLIER.

Quoique geôlier, je sais compatir aux peines de
mes prisonniers, et s'il dépendait de moi.....

AMPRONAS.

Que ferais-tu ?

LE GEÔLIER.

Je vous donnerais à tous la liberté. Je sais combien il est triste d'être en prison. Mon pauvre père
et moi nous y avons été ensemble pendant un an.
Plus heureux que ce bon vieillard, on m'a dit : Va-
t'en, et j'ai été respirer le grand air ; mais lui.... je
ne puis y penser sans pleurer.... les monstres !

VALERIUS ASIATICUS.

Ils l'ont fait périr dans les supplices ?

LE GEÔLIER.

Et quel supplice ! Scié en deux.

TOUS.

Quelle horreur !

VALERIUS ASIATICUS.

C'est peut-être ce que César nous réserve.

LE GEÔLIER.

Oh ! non. Ce genre de mort n'est que pour les
plébéiens.

MINUCIANUS.

Comment donc de prisonnier es-tu devenu geôlier ?

LE GEÔLIER.

Pauvre et ne sachant que devenir, je me suis
adressé à un brave homme qui m'a fait avoir cette
place, mais mon pain est bien amer. Voir tous les
jours des malheureux qui me rappellent le triste sort
de mon père que j'aimais tant..... Chienne de vie,
et l'on y tient ! Si l'on avait un peu de courage, ce
serait bientôt fait.

AMPRONAS.

Peux-tu nous dire à qui tu dois tes clefs ?

LE GEÔLIER.

Entre nous, car vous sentez que, si l'on savait
qui je suis, cela pourrait le compromettre.

AMPRONAS.

N'aie aucune crainte.

LE GEÔLIER.

A Cassius Cherea. Aussi lui suis-je dévoué à la
vie et à la mort ; mais il est trop au-dessus de moi
pour avoir jamais besoin de mes services.

POMPEDIUS.

Que sait-on ?

AQUILA.

Si Caïus le jetait aussi dans cette prison, tu
pourrais lui être utile.

7

LE GEÔLIER.

Je jure les dieux que je lui en ouvrirais les portes, et que je l'accompagnerais dans sa fuite.

AQUILA.

Ne dis donc pas qu'il n'aura jamais besoin de toi, car personne aujourd'hui n'est à l'abri des fureurs du tigre.

LE GEÔLIER.

C'est malheureusement vrai.

VALERIUS ASIATICUS.

Tu n'es pas de Rome?

LE GEÔLIER.

Non.

VALERIUS ASIATICUS.

Je m'en doutais à ton accent.

LE GEÔLIER.

Je suis de Lutèce, franc Gaulois et ennemi de la tyrannie; mais il faut vivre. Je puis ouvrir mon cœur à de braves gens qui pensent comme moi je n'en vois jamais d'autres ici.... mais voici votre souper. Bon appétit. Je vous laisse.

(Deux valets de prison apportent une table sur laquelle il y a quelques plats, et se retirent.)

SCÈNE II.

LES MÊMES PERSONNAGES (excepté le geôlier).

(Valerius Asiaticus, Minucianus, Pompedius et Ampronas se mettent à table. Ils sont assis sur un banc de bois.)

POMPEDIUS, à Quintilie.

Viens donc à côté de moi.

QUINTILIE.

Je ne conçois pas que tu puisses avoir faim.

POMPEDIUS.

Avoir faim n'est pas le mot, mais il faut bien se soutenir un peu. D'ailleurs la nourriture donne des forces, et nous en aurons peut-être besoin.

QUINTILIE.

Si nous avons malheureusement l'occasion de faire preuve de fermeté, tu verras que, sous ce rapport, je ne le cède ni à toi ni à aucun de nous. Quintilie saura souffrir et se taire : sois-en sûr. Puissiez-vous tous garder vos sermens comme je garderai les miens!

AQUILA.

Je réponds aussi de moi.

VALERIUS ASIATICUS.

Ce geôlier est un brave homme. Il est fâcheux que Cherea ne soit pas avec nous; nous serions peut-être, à l'heure qu'il est, bien loin d'ici.

7.

MINUCIANUS.

A quoi bon ces regrets? se sauver, n'est-ce pas
perdre la partie?

AMPRONAS.

Pas tout-à-fait : on peut la renouer.

AQUILA, en marchant à grands pas.

Que n'ai-je cet infâme Decimus en mon pouvoir!
je le dévorerais tout vivant. Encore s'il avait vu ou
entendu la moindre chose qui pût lui faire soupçonner...; mais rien, absolument rien. Pauvre Rome!
nous mourrons, et tu resteras sous le joug du
monstre. Cette idée est affreuse.

VALERIUS ASIATICUS.

J'avais un pressentiment que la visite de ce tribun
nous serait fatale. Que ne nous sommes-nous retirés
plus tôt!

POMPEDIUS.

Peut-être me trompé-je, mais il m'est impossible
de croire que Caïus-César nous fasse périr. Rien ne
dépose contre nous que la déclaration de Decimus;
et ce scélérat serait bien embarrassé de prouver....

AMPRONAS.

Eh ! n'a-t-il pas pour lui la question, moyen
presque infaillible?

AQUILA.

Pas contre moi du moins.

QUINTILIE.

Ni contre moi, je le jure : ils me mettront en
pièces avant de m'arracher le moindre aveu.

MINUCIANUS.

Je compte beaucoup sur l'ancien attachement de
Caïus pour Calixte.

AMPRONAS.

C'est t'appuyer sur un roseau bien fragile.

AQUILA.

Sur rien. Caïus a-t-il jamais aimé quelqu'un?

AMPRONAS.

D'ailleurs quand même notre riche affranchi s'en
retirerait, nous n'en serions pas moins livrés aux
Protogènes, qui possèdent au suprême degré l'art de
trouver des coupables.

QUINTILIE.

Si vous avez tous ma fermeté, les Protogènes ne
sauront rien. Faudra-t-il qu'une femme vous donne
l'exemple du courage?

AQUILA.

Bien, Quintilie, très-bien. Résistons aux tortures,
et que les bourreaux du tyran se fatiguent en vain
sur nous. Il faut que nous sortions innocens d'ici:
nos plaies cicatrisées, nous recommencerons.

VALERIUS ASIATICUS.

J'espère que les dieux nous préserveront de cette
cruelle épreuve.

POMPEDIUS.

Laisse donc là tes dieux; ils ne s'occupent pas de
nous: comptons plutôt sur le crédit de Calixte.

AMPRONAS.

Il tarde bien à revenir.

POMPEDIUS.

C'est qu'il plaide sa cause, qui heureusement est
aussi la nôtre. Mais, le voici.

(Les quatre personnages qui mangeaient se lèvent.)

MINUCIANUS.

Sachons enfin ce que l'on a résolu de nous.

SCÈNE III.

LES MÊMES PERSONNAGES, CALIXTE,

dans le plus grand accablement,

(Ils vont au devant de lui.)

AMPRONAS, à Calixte.

Je lis sur ton visage que nous sommes perdus.

MINUCIANUS.

Mourir et laisser Rome dans l'esclavage, c'est
mourir mille fois.

VALERIUS ASIATICUS.

Caïus, maître du monde, et nous dans les fers!
Justice des dieux, qu'es-tu donc?

POMPEDIUS.

Nos aïeux ont vu à Pharsale et à Philippes ce
qu'elle est : imagination humaine, du vent, rien
du tout. Le crime triomphe et la vertu succombe.
Voilà le point le plus clair, le plus culminant de
l'histoire de tous les siècles.

QUINTILIE.

Parle, Calixte, parle. Nous sommes tous Romains ! est-ce la vie? est-ce la mort?..

CALIXTE, en serrant Quintilie dans ses bras, avec émotion.

Et toi aussi, femme infortunée, tu me presses de dire ce que l'odieux tyran.... Ah ! mes amis, quel coup je vais vous porter !

AQUILA.

Peu importe, sachons notre sort.

MINUCIANUS.

Rien ne nous étonnera de la part de Caïus : je connais son arrêt; il nous ordonne de mourir. Eh bien! que ses bourreaux viennent nous égorger, et crions tous ensemble, en rendant le dernier soupir : Vive la liberté !

CALIXTE.

Mes amis, aucun de nous n'est encore condamné, mais nous pourrons l'être. Voulant bien se rappeler nos anciennes liaisons, et surtout par condescendance pour Césonie qui a intercédé en notre faveur, Caïus a décidé que nous serions tous rendus à la liberté, si un de nous, mis à la question, ne faisait aucun aveu qui pût nous compromettre.

AMPRONAS.

Quelle atrocité !

MINUCIANUS.

Nous laisse-t-il au moins le choix de la victime ?

AQUILA.

Point d'hésitation : je demande l'honneur de vous
sauver et de tromper le tyran : je suis sûr de moi.
Que Protogène, s'il le veut, m'enveloppe de fer rougi
aux flammes, je saurai me taire et mourir.

CALIXTE.

Noble et courageux Aquila, nous ne pouvons
qu'admirer ton dévouement sans exemple. Malheureusement César ne nous accorde pas l'exécrable faveur
de choisir.... Il a nommé lui-même celui de nous
qui doit nous perdre ou nous sauver.

MINUCIANUS.

Et comme il veut nous faire périr, je devine celui
que tu n'oses pas....

CALIXTE.

Nomme-le donc toi-même.|

MINUCIANUS.

Le plus faible par le sexe et par l'âge.

CALIXTE, en prenant la main à Quintilie avec attendrissement.

Il m'a évité le supplice de te l'apprendre.

QUINTILIE.

Moi?

TOUS, excepté Calixte.

Quintilie?

CALIXTE.

Ce crime épouvantable est la seule faveur que le
monstre ait voulu m'accorder. Il ne nous laisse mo-

mentanément la vie que pour nous l'arracher deux
fois.

AQUILA.

Je ne reviens pas de cet excès d'horreur. Une
femme! Ah! le scélérat!

QUINTILIE.

Cette femme lui apprendra qu'un cœur vraiment
romain n'a pas de sexe. C'est en vain que César
compte sur ma faiblesse; je serai forte pour vous,
forte contre la tyrannie, forte pour la liberté. Si
vous me survivez, sortez de prison en aiguisant vos
poignards, et vengez Rome, l'univers et moi.

VALERIUS ASIATICUS.

Ombres immortelles des grands citoyens de Rome,
abaissez vos regards sur la terre, et contemplez avec
respect les vertus d'un héros sous les traits d'une
femme.

AQUILA.

C'est une infamie que nous ne devons pas souffrir. Pourquoi Quintilie et pas nous? Tous à la torture, ou personne.

TOUS LES PERSONNAGES, excepté Quintilie.

Oui, tous.

(Ils entourent Quintilie, et la pressent dans leurs bras.)

AQUILA.

Nous ne permettrons jamais que l'on attente à
tes jours.

VALERIUS ASIATICUS.

Jamais !

AMPRONAS.

Dieux de Rome, donnez-nous des armes, et que
les satellites de Caïus osent se présenter devant nous!

QUINTILIE, profondément émue.

Quelle union sacrée! Quelle conjuration sublime!
Quelle gloire pour moi d'être complice de vos vertus! Mais vous m'affaiblissez..... Plus d'attendrissement, plus de larmes..... Laissez-moi toutes mes
forces; j'en aurai besoin. (A Calixte.) Les bourreaux
viendront-ils bientôt?

CALIXTE.

J'espère encore que Caïus sentira combien sa résolution est atroce, et que Césonie, si elle la connaît, le ramènera à des sentimens plus humains et
plus justes.

AMPRONAS.

Dieux! On entre ici. Quelle journée!

AQUILA.

C'est Cherea. Je le connais; il ne peut nous apporter que des paroles de consolation.

SCÈNE IV.

LES MÊMES PERSONNAGES, CASSIUS CHEREA, CORNELIUS SABINUS. (Celui-ci ne paraît qu'à la fin de la scène.)

AQUILA.

Brave Cherea, mon respectable ami, je n'ai jamais douté de ton courage, mais tu m'en donnes aujourd'hui une preuve à laquelle je ne m'attendais pas.

CHEREA.

C'est que tu ne me connaissais qu'à moitié.

AQUILA.

Il est digne de toi de venir consoler dans leurs derniers instans, peut-être, des hommes que le tyran honore de sa haine. Tu me vois entouré de grands citoyens que le mauvais génie de Rome a livrés à Caïus au moment où de nobles desseins allaient s'accomplir. Nous faisons naufrage au port, et César, qui a déjà désigné une victime à ses bourreaux.....

CHEREA.

Je la connais; elle se montrera digne de l'honneur immortel d'avoir conspiré avec vous contre le tyran le plus odieux, le plus exécrable qui ait jamais pesé sur la terre. Un instant de souffrance, mais une gloire impérissable : il n'y a pas à balancer.

QUINTILIE.

Tribun, je suis toute Romaine et prête à mourir plutôt que de perdre mes nobles complices.

AMPRONAS.

Je savais bien que Cherea était un citoyen de l'ancienne Rome, et que nous pouvions nous ouvrir à lui sans crainte. J'avais répondu de toi.

CHEREA.

Tu me rendais justice. Il y a long-temps, mes amis, que je conspire dans mon cœur contre l'infâme incestueux qui écrase Rome et le monde; il y a long-temps que je lis mes devoirs écrits sur l'auguste front de Brutus, la terreur des tyrans. (Il leur montre une médaille.) Mais il fallait des complices, et je n'ai rencontré, excepté le tribun Papinius, que des ames sans énergie, qui n'ont vu que des dangers où il y a de la gloire, des hommes remplis de haine sans courage, des citoyens timides, prêts à profiter de la chute du tyran, mais trop lâches pour oser seulement aiguiser les poignards. Graces aux dieux! j'ai trouvé enfin des libérateurs de ma patrie, des Romains dignes des beaux jours de la république, des Brutus qui la rétabliront dans sa gloire en brisant le sceptre des Césars, des Cassius qui relèveront la tribune de Cicéron au Forum. Il faut que la délation de Décimus soit fatale à l'empereur, et que celui-ci périsse par le scélérat même qui a voulu le sauver.

CALIXTE.

Tu es un dieu que le bon génie de Rome nous
réservait dans notre malheur.... Mais nous parlons
de liberté, et nous sommes sous la main des bourreaux ! Comment sortir d'ici ?

CHEREA, avec force.

Vous en sortirez.

CALIXTE.

Comment soulever le peuple contre la tyrannie ?

CHEREA.

Le peuple, dis-tu ? Eh ! qu'avons-nous besoin d'un
vil ramas de populace qui se contente toujours de
sacrifices aux dieux, d'un peu de pain et des spectacles du cirque ? Agissons sans lui et sans le consulter ; il nous suivra après la victoire.

POMPEDIUS.

Quels sont les moyens....?

CHEREA.

La justice des dieux, tardive quelquefois, mais
toujours certaine, la bonne fortune de Rome, notre
adresse et notre courage. Il faut de la témérité : qui
n'ose rien ne parvient à rien. J'ai pris des mesures
qui peuvent me faire espérer que Caïus périra aujourd'hui sous nos coups.

VALERIUS ASIATICUS.

Nous t'écoutons avec anxiété.

CHEREA.

Savez-vous qui César a chargé de donner la question à Quintilie ?

AMPRONAS.

Decimus peut-être ou quelque autre scélérat qui lui ressemble.

CHEREA.

Non.

POMPEDIUS.

Qui donc?

CHEREA.

Moi.

MINUCIANUS.

Et tu as consenti...?

CHEREA.

J'ai dû obéir aux ordres du monstre. Un refus obstiné m'eût perdu peut-être, et vous me suiviez tous dans la tombe. Mes déplorables fonctions de bourreau me donnent au moins l'espoir de vous sauver, d'accomplir de grands desseins, et de partager avec vous la gloire de rendre la liberté à Rome. J'ai déjà tendu à Caïus un piége dont il ne peut se douter....

VALERIUS ASIATICUS.

Puissent les dieux l'y faire tomber!

AMPRONAS.

Lui et tous ses satellites.

CHEREA.

Ils y tomberont. J'ai fait entendre à l'empereur que, pour plus de sûreté, il fallait renvoyer la garde de légionnaires qui était à la porte de votre prison et la remplacer par des prétoriens : cela est fait.

Cornelius Sabinus les commande; brave tribun qui depuis long-temps partage nos sentimens, et qui s'est ouvert aujourd'hui à moi avec la plus noble franchise. Si Caïus, comme il me l'a dit avec un sourire féroce, vient ici pour se repaître des tortures de la question (1), et qu'il ne soit accompagné, selon son habitude, que de deux ou trois courtisans, il ne sortira pas vivant de nos mains.

VALERIUS ASIATICUS.

Puisque ces prétoriens et leur chef te sont dévoués, pourquoi ne profiterions-nous pas de cette heureuse circonstance pour sortir d'ici?

CHEREA.

Si vous prenez la fuite vous serez poursuivis, et vous ne trouverez jamais une occasion aussi favorable que celle-ci de délivrer Rome de son second Tibère. Remarquez qu'il est presque certain que Caïus viendra ici sans suite, et alors il est mort. D'ailleurs comment sortir de cette prison, et vous dérober à tous les yeux à l'heure qu'il est? Votre évasion, dont Caïus serait bientôt instruit, forcerait Cornelius Sabinus, ses prétoriens et moi à vous suivre et à nous cacher pour nous soustraire à la vengeance de l'empereur, car alors il ne douterait pas de notre complicité, et mon plan serait tout-à-fait renversé. Au surplus, il n'appartient qu'à la courageuse Quintilie de décider cette question. (A Quintilie) : Prononce et nous t'obéirons.

QUINTILIE.

Je reste.

CHEREA.

Cette noble résolution est digne de toi.

CALIXTE, à Quintilie.

Je suis fier d'être ton meilleur ami.

CHEREA.

Sabinus, qui ne veut pas que vous puissiez le soupçonner de lâcheté ou de trahison, s'est procuré des poignards qu'il va vous remettre lui-même.

AQUILA.

Il suffit que tu en répondes. Nous recevons Sabinus parmi nous avec autant de confiance que s'il nous était présenté par Caton.

QUINTILIE.

Qu'il vienne donc au moment même; qu'il vienne, car si César arrivait avant lui, nous perdrions tout le fruit....

VALERIUS ASIATICUS.

Cherea, des poignards.

AQUILA.

Je demande l'honneur de porter le premier coup.

AMPRONAS.

Cet honneur appartient de droit à Cherea.

CHEREA, à Aquila.

Je te le cède, mais la pointe au cœur.

(Il sort un instant.)

AQUILA.

Oui, au cœur : je suis sûr de ma main.

MINUCIANUS, à Pompedius.

Pompedius, quoi que tu en dises, il y a une justice éternelle qui frappe le crime tôt ou tard.

POMPEDIUS.

J'attends.

(Cherea rentre avec Cornelius Sabinus.)

CHEREA.

Le grand citoyen dont je viens de vous parler est devant vous. Ses sermens sont sa haine pour la tyrannie, et ses preuves de dévouement, les armes qu'il va vous donner.

CORNELIUS SABINUS, à tous.

Citoyens, prenez ces poignards, et ne me les rendez que couverts du sang de Caïus, du sang du meurtrier de Rome.

(Il donne un poignard à chaque conjuré.)

TOUS.

Mort au tyran !

CORNELIUS SABINUS.

Je vous avertis cependant que s'il n'est pas accompagné d'une nombreuse escorte, je me réserve l'honneur de le frapper le premier. Mais dans tous les cas, il faut espérer que ses gardes ne viendront pas avec lui jusqu'ici, et alors je vous le livre.

CALIXTE, en s'avançant vers la porte.

Mais d'où vient ce bruit ?

SCÈNE V.

LES MÊMES PERSONNAGES, LE GEOLIER ;
il entre avec précipitation.

LE GEÔLIER.

Caïus-Caligula.

VALERIUS ASIATICUS.

Les dieux le précipitent sous nos poignards.

LE GEÔLIER.

Il est accompagné d'une grande troupe de prétoriens. (Il sort.)

(Consternation parmi les conjurés.)

QUINTILIE.

Nous sommes perdus.

CALIXTE ; il serre Quintilie dans ses bras.

Oh! mon amie, quel moment pour toi et pour
nous!

AQUILA, avec fureur.

Exécrable tyran!

CHEREA.

Point de faiblesse. Si notre triomphe est difficile,
il n'en sera que plus glorieux. (A Cornelius Sabinus) : Re-
tourne à ton poste et sois prêt à agir (C. Sabinus sort. A
Quintilie) : Nos aïeux morts aux champs de Macédoine
et de Thessalie s'agitent dans leurs couches sépul-
crales; ils se lèvent et te regardent.

QUINTILIE, dans l'égarement et avec la plus profonde émotion.

Je vois ces grandes figures qu'un siècle de tyrannie rend encore plus imposantes.... Toujours
debout dans l'histoire malgré les Tibère et les
Caïus.... elles s'avancent vers moi ; elles me jettent
des couronnes civiques ensanglantées....

CHEREA ; il lui présente sa médaille de Brutus.

Jure par les mânes de Brutus et sur l'image sacrée de ce grand homme.....

QUINTILIE, avec force.

Je le jure.

CHEREA.

Rome est en sûreté. (Aux conjurés.) Cachez vos
poignards.

SCÈNE VI.

LES MÊMES PERSONNAGES, DECIMUS, UN CEN-
TURION, TROUPE DE PRÉTORIENS.

(Decimus entre avec plusieurs prétoriens, et les place à la porte de
la salle où l'on donne ordinairement la question.)

AQUILA, bas à Ampronas.

Brisons nos armes ; nous ne pourrons pas nous
en servir.

AMPRONAS, bas.

Attendons : demain peut-être......

AQUILA, bas.

Regarde donc Quintilie.

AMPRONAS, bas.

Elle pâlit. Dieux! si elle allait fléchir!

AQUILA, bas.

Je frémis pour elle et pour nous.

(D'autres prétoriens entrent avec le centurion.)

DECIMUS, au centurion.

Où as-tu placé le reste de tes soldats?

LE CENTURION.

Ils cernent la prison.

DECIMUS.

C'est bien : nous sommes à l'abri de toute surprise. Reste ici, et ne les perds pas de vue.

(Il sort un instant.)

POMPEDIUS, bas à Minucianus.

Voilà comme les dieux protègent la liberté contre la tyrannie.

MINUCIANUS, bas.

Tu es désespérant : attendons.

POMPEDIUS, bas.

Attendons ! Rome attend depuis la bataille d'Actium.

(Decimus rentre.)

DECIMUS.

Caius César..... (A Quintilie.) Suis-moi.

(Elle fait quelques pas, et tombe dans les
bras de Cherea qui la soutient.)

CHEREA, à voix basse.

Rappelle-toi Rome et tes sermens.

QUINTILIE, bas.

Un instant de faiblesse..... Pardonne..... La nature ne m'arrachera plus que des cris. (Aux conjurés,
à haute voix.) Et vous, mes amis, ne craignez rien :
Quintilie n'accusera jamais des innocens. Si Caïus
est fidèle à ses promesses ; s'il se souvient que mon
silence au milieu des tortures doit être la preuve
à ses yeux que Decimus vous a calomniés, vous
serez bientôt libres. Ma conscience et mes devoirs
sont ma force et votre appui... Que les dieux fassent
le reste ! Marchons.

(Elle entre avec fermeté dans la salle des tortures,
suivie de Decimus et de plusieurs prétoriens.)

SCÈNE VII.

LES MÊMES PERSONNAGES, excepté Quintilie et Decimus ;
CAIUS, JULIE DRUSILLE, LUCIUS VITEL-
LIUS, TIMIDIUS.

CAIUS ; il tient Julie Drusille par la main.

Viens, mon enfant, viens ; n'aie pas peur.

VALERIUS ASIATICUS, bas à Cherea.

Avec sa fille !

CHEREA, bas.

C'est probablement pour l'habituer au sang et au
crime, mais il n'achèvera pas cette belle éducation.

JULIE DRUSILLE, à Caïus.

Oh ! la vilaine maison ! Pourquoi me mènes-tu ici ?

CAIUS.

Tu vas voir une méchante femme qui, dit-on, a voulu me tuer, et je veux, pour la punir, qu'on lui fasse beaucoup de mal.

JULIE DRUSILLE.

Il faut la faire bien crier; cela me réjouira.

AMPRONAS, à part.

Quel tigre!

L. VITELLIUS, à Caius.

Ton auguste fille aura du caractère.

TIMIDIUS.

Les charmes de sa mère et la noble fermeté de son père.

MINUCIANUS, à part.

Et ce sont là des Romains! Quelle dégradation! L'homme ne peut tomber plus bas.

CAIUS, aux conjurés.

Remerciez les dieux de mon indulgence; mais si l'épreuve vous accuse, tremblez : vous ne sortirez plus d'ici. (En montrant les prétoriens.) J'y ai mis bon ordre. (A Cherea.) Où est Quintilie?

CHEREA; il lui montre de la main la salle des tortures.

Elle t'attend.

CAIUS.

Je jouis déjà des aveux que nous allons lui arracher. Césonie sera confondue, et n'osera plus m'étourdir de ses phrases sentimentales. (A Cherea.) Si tu ne la forces pas à dire la vérité.....

CHEREA.

César, je ne puis que la mettre à la question.

CAIUS.

Il y a question et question : point de mollesse.
Au surplus, je serai là. Suis-moi.

(Il s'avance vers la salle des tortures.)

L. VITELLIUS.

Jupiter-Latin me permet-il d'assister.....

MINUCIANUS, à part.

De plus en plus !

CAIUS.

Très-volontiers, et à toi aussi, Timidius.

JULIE DRUSILLE, en sautant de joie.

Que je suis donc contente ! Quel plaisir !

SCÈNE VIII (*).

CALIXTE, VALERIUS ASIATICUS, AQUILA,
POMPEDIUS, AMPRONAS, MINUCIANUS,
UN CENTURION, PRÉTORIENS.

Le centurion et les prétoriens dans le fond.

(Les conjurés parlent bas.)

POMPEDIUS,

Quelle anxiété ! Notre sort dépend du courage
d'une femme !

(*) Si l'on me faisait un jour l'honneur d'essayer ce drame au
théâtre, l'actrice qui aurait bien voulu se charger du rôle de Quin-

AMPRONAS.

Puissent les dieux lui donner la force de supporter......

AQUILA.

On arrache tout ce que l'on veut à la douleur : nous sommes perdus.

Gémissemens dans la salle des tortures.

CALIXTE; *il marche à grands pas vers la porte de cette salle.*

Les bourreaux....! (A haute voix.) Quintilie, du courage! sauve tes amis.

LE CENTURION, en le repoussant.

Retire-toi.

CALIXTE.

De quel droit m'empêches-tu....?

LE CENTURION.

Je n'ai aucun compte à te rendre. Si tu dis encore un mot, je te passerai mon épée au travers du corps.

VALERIUS ASIATICUS.

Tu fais l'insolent parce que tu es armé et que nous ne le sommes pas.

Gémissemens dans la salle des tortures.

LE CENTURION.

J'instruirai l'empereur de ton respect pour ses officiers.

tilie devrait ménager dans cette scène la sensibilité des spectateurs et surtout des spectatrices, en ne jetant que des cris étouffés qu'à peine on entendrait.

VALERIUS ASIATICUS.

Tu peux même lui dire que je te méprise.

Nouveaux gémissemens.

MINUCIANUS.

Cet exécrable supplice ne finira donc pas?

AQUILA, très-bas et avec une fureur concentrée.

Quand même l'infâme Caïus tomberait un jour sous nos coups, nous ne serions pas encore vengés de ce que nous souffrons dans ce déplorable moment.

LE CENTURION, aux conjurés.

Je vous défends de vous entretenir à voix basse : conspirez tout haut.

POMPEDIUS.

Nous n'avons jamais conspiré et nous ne conspirons pas.

Nouveaux gémissemens.

CALIXTE.

Je souffre tous les maux des enfers. (Au centurion) : Donne-nous la mort plutôt que de nous faire assister à un pareil supplice : je ne puis y résister.

LE CENTURION, en souriant.

Bouche-toi les oreilles, et tu n'entendras pas les vers tragiques de Quintilie.

AMPRONAS.

Ah! le scélérat. (Il porte violemment la main à son poignard, mais il ne le tire pas. Le centurion remarque ce mouvement.)

LE CENTURION, à part,

Serait-il armé?

VALERIUS ASIATICUS, à Calixte.

Un peu plus de fermeté, mon ami. Quintilie sait souffrir, et nous n'avons pas le courage d'entendre ses cris!

Gémissemens.

CALIXTE, en versant des larmes.

Comment peut-on s'acharner avec tant de cruauté sur une femme!...

VALERIUS ASIATICUS, très-bas.

Quintilie en sortira avec gloire. Si elle manquait de force et de courage elle nous aurait déjà accusés.

POMPEDIUS, à Ampronas.

Tu viens de porter imprudemment la main à ton poignard, et je crois que le centurion s'en est aperçu.

AMPRONAS.

Je n'ai pu résister à l'indignation....

MINUCIANUS.

Tâche de le passer à un de nous.

AMPRONAS.

Mais comment? le scélérat nous regarde.

MINUCIANUS.

Je vais l'occuper : profite du moment.

(Il s'avance vers le centurion.)

Quand l'empereur saura la vérité, et qu'il sera bien convaincu de notre innocence, tu auras affaire à nous, misérable. Tu te repentiras d'avoir traité

avec tant de mépris des personnages consulaires :
mais, je m'oublie; je n'aurais pas dû te faire l'honneur de t'adresser la parole. Un valet de Decimus
n'était pas digne....

LE CENTURION.

Je ne te crains pas.

Gémissemens.

Écoute : Cherea me venge de tes injures.

(Pendant ce dialogue les conjurés entourent Ampronas, et Pompedius
lui prend son poignard.)

VALERIUS ASIATICUS, très-bas à Minucianus.

C'est fait.

Gémissemens.

CALIXTE.

Je me sens faiblir. Il s'assied.

Profond silence.

Elle est morte.

(Tous les conjurés sont dans l'anxiété. On ouvre la porte de la salle
des tortures, et Decimus paraît avec ses prétoriens. Le centurion lui
parle à l'oreille.)

SCÈNE IX.

LES MÊMES PERSONNAGES, CAIUS, JULIE DRU-
SILLE, CASSIUS CHEREA, LUCIUS VITEL-
LIUS, TIMIDIUS, DECIMUS, QUINTILIE,
un instant après.

Pendant cette scène le jour commence à tomber.

JULIE DRUSILLE.

Cela m'amusait tant, et c'est déja fini !

CAIUS, à L. Vitellius.

Cette enfant a plus de courage que moi, car je n'en pouvais plus.

L. VITELLIUS.

Ton auguste fille est douée d'une fermeté inconcevable pour son âge.

AMPRONAS, à part.

C'est un monstre qu'il faut écraser sur le cadavre de son père.

CHEREA, à Caïus.

Puisque je suis parvenu à exciter ta pitié en donnant à Quintilie la question la plus douloureuse, j'ose me flatter que tu ne me feras plus l'outrage de douter de mon dévouement. Quintilie expirante te prouve non seulement que je ne l'ai pas ménagée, mais aussi qu'elle ne méritait pas le supplice que tu viens de lui faire subir. Son noble et courageux silence dépose ici en faveur de ses amis de la manière la plus forte et la plus formelle : une pareille justification est sans réplique.

CAIUS.

J'avoue que je ne m'attendais pas à tant de courage; elle m'a étonné et ému (1).

CHEREA.

C'est qu'elle a en elle une force qui résiste à tous les supplices.

CAIUS.

Je ne conçois pas....

CHEREA.

La force que donne l'innocence à une grande ame.

(Quintilie entre portée sur une litière par deux valets de prison.)

CAIUS, aux deux valets.

Arrêtez-vous. (A Quintilie): On te remettra de ma part deux cent mille sesterces (2).

QUINTILIE, d'une voix mourante.

Je les refuse.... tu ne m'aviliras point.... rien de toi.... Qu'ai-je besoin de ton or? mes amis en ont.... ils m'élèveront un tombeau.... Je ne veux pas t'en devoir une pierre....

(Caïus tout pensif s'éloigne de Quintilie.)

Viens, Calixte, venez tous....

Calixte et les autres conjurés, excepté Cherea, se pressent autour de Quintilie.

(A Calixte): Que je t'embrasse pour la dernière fois!... je ne te vois plus qu'à travers un nuage....

CALIXTE, tout en larmes.

O ma chère Quintilie, modèle de vertu et de courage!.... Quel abîme éternel entre toi et moi!

QUINTILIE.

Je vais t'attendre au milieu des victimes de la tyrannie.... Je les vois... Elles m'appellent... (Aux conjurés.) Mes amis, n'oubliez pas vos sermens....

(A Calixte qui la serre dans ses bras, et d'une voix presque éteinte.)

Mon dernier soupir... Vengeance, république et liberté!

(Elle meurt.)

CALIXTE furieux, à Caïus qu'il prend violemment par la main.

Viens la voir. (Caïus résiste.) Viens donc la voir,
monstre d'inhumanité. (Il l'entraîne.) Voilà comme tu
me la rends; regarde... Ses membres brisés, son
corps déchiré... Son sang coule et demande vengeance... Repais tes regards de ce spectacle affreux;
il est digne de toi.

CAIUS.

Qu'on emporte ce corps.

(On emporte Quintilie.)

(A Calixte.) Si je n'étais touché de la fermeté de
Quintilie et du sentiment qui te liait à elle, tu
périrais au moment même. Mais je veux bien pardonner à ton égarement des injures et des menaces
que tu désavoueras dans ton bon sens.

(Decimus parle bas à Timidius.)

(Aux conjurés.) Quintilie vous a justifiés; soyez libres,
mais ne vous mettez plus sous mon glaive, car je
n'aurai pas toujours la même indulgence.

TIMIDIUS, aux conjurés qui marchent vers la porte de la prison.

Attendez.

AQUILA.

César nous a permis....

TIMIDIUS.

Attendez, vous dis-je. César ignore une chose
importante que je veux lui apprendre. (A Caïus.) Me
permets-tu de fouiller Ampronas?

CAIUS.

Oui.

CHEREA.

Quoi! Encore de nouveaux soupçons? C'est une indignité.

TIMIDIUS.

Ce sera ce que l'on voudra, mais je ferai mon devoir.

(Il s'approche d'Ampronas qui se laisse fouiller sans la moindre résistance.)

A Decimus. Rien.

LE CENTURION, à L. Vitellius.

Il avait un poignard; j'en suis sûr.

CHEREA, à Caïus.

Tu as le malheur d'avoir autour de toi des hommes dont tout le mérite est de chercher des coupables.

L. VITELLIUS.

Cherea, cette accusation est une injure que César saura apprécier à sa juste valeur. Mais dussé-je être compté par toi au nombre de ceux dont tu viens de parler, je demande que tous les accusés soient fouillés avant de sortir d'ici. Il est prudent de ne pas s'en tenir à la seule fermeté de Quintilie comme preuve de leur innocence.

LES CONJURÉS, excepté Cherea.

Quelle infamie!

CAIUS, à L. Vitellius.

Tu as raison... Qu'on les fouille.

(Decimus, Timidius et quelques prétoriens se jettent sur les conjurés

qui opposent une vigoureuse résistance. Pompedius est désarmé le premier.)

CHEREA, à part.

Les dieux m'inspirent. Il prend Aquila à la gorge.

AQUILA.

Et toi aussi, traître !

CHEREA, bas.

Résiste et cède. Tout n'est pas perdu.

(Les conjurés sont désarmés.)

(A Caïus en lui montrant le poignard d'Aquila.)

César, je m'humilie devant toi et rends graces à Vitellius. Trompé par le courage de Quintilie, j'ai pu croire...

CAIUS, aux conjurés.

Qui vous a remis ces poignards ?

VALERIUS ASIATICUS.

Tu ne le sauras pas.

CHEREA.

Nous le saurons, et je m'en charge.

(Valerius Asiaticus étonné regarde Cherea.)

Oui, je m'en charge, et je réponds que demain Caïus n'aura plus rien à craindre de toi, ni de tes complices.

CAIUS, à Decimus.

Étaient-ils armés quand tu les as fait arrêter chez Calixte ?

DECIMUS.

Non, excepté Aquila qui avait un poignard qu'on lui a enlevé.

L. VITELLIUS, à Caïus.

Horrible trahison ! Si tu étais venu ici sans suite, les scélérats t'auraient assassiné, et Rome perdait son divin empereur et son dieu tutélaire.

CAIUS, aux conjurés avec colère,

Vous allez tous périr. (Aux prétoriens.) Délivrez-moi à l'instant même de ces misérables ; massacrez-les sous mes yeux.

(Les prétoriens veulent se jeter sur les conjurés, mais Cherea s'élance au-devant d'eux et les arrête.)

CHEREA.

Gardez-vous bien d'obéir à César ; attendez. (A Caïus.) La conspiration est prouvée, mais il est presque certain que tous les coupables ne sont pas ici, et il est très-important de les connaître pour ta sûreté et le salut de Rome. Je demande que Calixte et ses complices soient mis à la question avant de mourir. Decimus et moi nous nous chargeons de les faire parler.

CAIUS.

Très-bien.

DECIMUS.

Le geôlier est coupable, car il n'y a que lui qui ait pu donner des poignards aux conspirateurs.

CHEREA.

C'est évident.

CAIUS.

Que les conjurés ne communiquent plus entre

9

eux et qu'ils soient jetés séparément dans des cachots. (A Cherea et à Decimus.) Méritez ma reconnaissance par votre zèle et votre activité.

CHEREA.

Nous mettrons tous nos soins à te prouver notre
dévouement. (Aux conjurés.) Quintilie m'avait séduit
par son courage, mais je serai vengé de cet affront.

CAIUS, à Calixte.

Césonie rougira d'avoir répondu de toi. Adieu
pour jamais.

CALIXTE.

César, nous nous reverrons encore.

CHEREA, à Caius qui se retire.

Tu n'as pas d'autres ordres à me donner?

CAIUS.

Mets tout de suite le geôlier à la question.

CHEREA.

Tu seras obéi.

(Caïus et toute sa suite sortent de la prison. Les conjurés y restent
avec Cherea et Decimus.)

AQUILA, bas à Cherea.

Comment pourras-tu...?

CHEREA, bas à Aquila.

Espérons qu'à la faveur de la nuit... Il me reste
un moyen, mais silence! (A Decimus.) Charge-toi de
faire mettre les conjurés dans des cachots. Je vais
donner des ordres à Cornelius Sabinus.

(Il sort.)

DECIMUS.

Suivez-moi de bonne volonté, ou je vous y for-
cerai.

CALIXTE, à ses complices.

Mes amis, la résistance serait inutile : obéissons.

(Ils sortent tous.)

FIN DU QUATRIÈME ACTE.

ACTE V.

SCÈNE PREMIÈRE.

Il fait nuit.

(Vaste galerie intérieure du palais de Caïus; elle est un peu éclairée.)

CAIUS, CÉSONIE.

(Ils entrent.)

CAIUS.

Non, je ne t'écoute plus, non. Ta coupable
sensibilité finirait par me perdre. Calixte et ses
complices périront. Il faut que leur supplice épouvante les factieux qui seraient tentés de les imiter,
et qui rêvent encore l'absurde gouvernement des
tribuns et des consuls. Je serai sans pitié pour tout
Romain qui osera rappeler des souvenirs presque
éteints sous Auguste et sous Tibère, et que je veux
étouffer à jamais.

CÉSONIE.

Mon cher Caïus...

CAIUS.

Ne me fatigue pas davantage, ou je te croirai complice de mes ennemis.

CÉSONIE.

Moi? Eh! grands dieux! Puis-je avoir d'autres intérêts que les tiens? Et que pourrait-on offrir à une femme assise avec toi sur le trône du monde?

CAIUS; il marche à grands pas.

Trahi par mes amis, entouré d'hommes que je hais et que je méprise, dévoré d'inquiétudes, et succombant je ne sais sous quel mauvais génie plus puissant que moi qui semble voiler mon intelligence et m'inspirer de fatales pensées, je voudrais être resté dans le néant.... Ah! si je pouvais lire moi-même dans tous les cœurs et me passer de ces valets de cour qui enveniment peut-être ce qu'ils voient et ce qu'ils entendent...! Mais non; ils me sont dévoués; je les accuse à tort... Que n'ai-je le pouvoir d'étouffer jusqu'au souvenir de l'ancienne Rome et d'effacer de l'histoire tous ces noms de factieux dont on s'arme aujourd'hui contre les Césars! Que ne puis-je exterminer en un seul jour les misérables qui conspirent dans l'ombre et osent me menacer de leurs poignards au milieu de ma gloire, moi, empereur et Dieu!

CÉSONIE.

Si tu n'étais pas livré à de perfides flatteurs qui, bien loin de combattre ton caractère ombrageux,

semblent s'entendre pour te précipiter dans l'abîme,
tu serais peut-être accessible à la vérité; mais comment la faire arriver jusqu'à toi à travers les éloges
mensongers dont on t'enivre? L'encens que brûlent
devant ta majesté les Vitellius, les Hélicon, les Protogène, est un poison qui te donnera la mort. Tu
seras victime de leurs bassesses. Ces hommes - là
t'honorent trop pour t'honorer sincèrement; et
puisses-tu ne pas en avoir un jour la preuve!

CAIUS.

Eh! c'est à force de me parler de vérité, d'humanité, de justice et de clémence, que tu m'as
fait suspendre le supplice de Calixte. Il était innocent selon toi, et Rome verrait avec indignation....

CÉSONIE.

Je pouvais le croire injustement accusé tant que
l'on n'avait aucune preuve contre lui; aujourd'hui
tu en as: je me tais. Mais rappelle-toi ce que t'a dit
Caninius Julus avant de mourir : « Sois un Auguste
et Rome ne conspirera pas. »

CAIUS.

Que Rome ne conspire pas, et nous verrons
après. Est-ce à moi à céder, à ramper devant des
patriciens, à briguer l'amour d'une multitude mé-
prisable qui marchait à genoux sous mon prédécesseur, et que je tiens depuis quatre ans le front dans
la poussière? Non, non; point de faiblesses indignes du sang qui coule dans mes veines. Tibère

m'a légué Rome et le monde, et je serai son successeur.

CÉSONIE.

Permets-moi de te dire que l'on peut admirer Tibère sans mépriser Auguste.

CAIUS.

Je ne le méprise pas.

CÉSONIE.

Eh bien, ce prince a fait un acte de clémence qui lui a mérité l'estime et l'amour des Romains, et, depuis cette époque mémorable, plus de Salvidienus, plus de Muræna, plus de Cœpion; il a gouverné la terre comme les dieux gouvernent le monde, sans ennemis et sans conspirations (1); imite-le, et je réponds de tes jours. Aurai-je sur toi l'empire que Livie eut sur Auguste?

CAIUS.

Non. Il commit une faute d'autant plus grande en pardonnant à Cinna, que ce jeune homme, petit-fils de Pompée, pouvait aspirer peut-être au pouvoir souverain comme l'avait fait son aïeul.

CÉSONIE.

Cependant l'exemple a prouvé.....

CAIUS.

Qu'un conspirateur au tombeau n'est plus dangereux, et je m'en tiens là.

CÉSONIE.

Il peut avoir des vengeurs.

CAIUS.

Le glaive en délivre.

CÉSONIE.

Toujours craindre! jamais de jours screins! jamais de nuits tranquilles!

CAIUS.

Les dieux règnent au milieu des éclats de la foudre.

CÉSONIE.

Ils la lancent sur les coupables, mais ils n'en sont jamais atteints eux-mêmes. Peux-tu te comparer...?

CAIUS.

Point de sacrilége et respecte-moi. Je suis ton époux, ton empereur et ton dieu.

CÉSONIE.

Quand tes autels seront renversés, tu te rappelleras, mais trop tard, les conseils de Césonie.

CAIUS, en portant la main à son épée.

Quoi! tu as l'audace...?

CÉSONIE.

Frappe, Caïus : je ne crains pas la mort. J'aime mieux mourir de ta main que de celle de tes ennemis.

CAIUS, furieux.

Toujours des menaces, toujours d'horribles présages...! Retire-toi; ta présence me fatigue.

CÉSONIE, avec émotion.

Ma présence te fatigue...?

CAIUS, sans regarder Césonie et dans la plus grande agitation.

L'enfer est dans mon cœur, et là (Il se frappe le front) je ne sais quoi de fatal lutte contre moi-même et m'entraîne forcément dans une route que je déteste et que je ne puis quitter... Oh! quelle vengeance pour les familles que j'ai frappées dans leurs plus chères affections, si elles savaient ce que je souffre! Au lieu de conspirer contre moi, elles me condamneraient à vivre. (A Césonie qui se retirait.) Reste.

CÉSONIE, en revenant.

Je t'obéissais.

CAIUS.

Que veux-tu que je fasse?

CÉSONIE.

Ce que te prescrivent ta conscience, la justice, la sagesse et les dieux.

CAIUS.

Ma conscience me blâme et m'approuve; je ne sais ce qu'elle me prescrit; la justice condamne les conspirateurs; les dieux sont muets pour moi, et la sagesse veut que je me délivre de tous ceux qui attentent à mes jours.

CÉSONIE.

Je n'ai plus rien à te dire. Continue à marcher dans la carrière de supplices et de sang où ton mauvais génie te retient, et tu seras malheureusement convaincu dans peu que la tyrannie...

SCÈNE II.

CAIUS, CÉSONIE, SYLLA.

SYLLA.

Divin César, j'use du droit que tu m'as donné de me présenter devant toi à toute heure du jour et de nuit sans t'en demander la permission; mais quand même tu m'aurais refusé cette faveur, j'ai aujourd'hui des choses tellement importantes à te révéler, que l'intérêt de l'état, devant qui tout cède...

CAIUS.

Ton air alarmé m'effraie. Que viens-tu donc m'annoncer?

SYLLA.

De grands malheurs. Mais puis-je parler devant ton auguste épouse?

CÉSONIE.

Mon sort est lié à celui de Caïus César, et je dois être instruite de tout ce qui regarde l'empereur. Son avenir sera le mien. Parle, et compte sur ma discrétion.

CAIUS, à Césonie.

Si cependant mon astrologue avait de fortes raisons de ne communiquer qu'à moi...

CÉSONIE.

Il ne peut en avoir de plus fortes que les miennes : je reste.

CAIUS, à Sylla.

Parle.

SYLLA.

Puisque tu m'autorises à te dire la vérité tout entière, apprends que, d'après l'ordre que tu m'en avais donné, j'ai tiré ton horoscope. Ayant examiné attentivement le ciel au point de ta naissance, la situation des planètes et leurs différens aspects, j'ai été terrifié de l'avenir que me révélait mon art. Tout annonce les plus déplorables catastrophes et ta vie même est menacée.

CAIUS.

Ma vie, dis-tu?

SYLLA.

Oui, César, ta vie.

CÉSONIE, à Caïus.

Tu vois, mon cher Caïus, que ton astrologue confirme tout ce que je t'ai dit, et que le ciel et la terre s'accordent...

SYLLA.

Césonie, ce n'est que sur le front des astres que l'on découvre l'avenir. La science que nous devons aux Brames et aux Chaldéens est non seulement infaillible mais sacrée, car elle interroge les cieux et les cieux lui répondent.

CAIUS.

Si tes présages sont des arrêts du destin, pourquoi viens-tu m'épouvanter de malheurs que je ne puis éviter? Que me revient-il de savoir que l'on trame des complots contre moi, s'il n'est pas en mon pouvoir de les conjurer?

SYLLA.

Divin César, les astres ne parlent jamais à la terre avec la clarté du langage humain, car l'espace immense qui nous sépare de ces corps lumineux est un voile qui jette nécessairement quelque incertitude sur la science; mais ils nous font connaître la tendance plus ou moins prononcée des événemens qui doivent éclore dans les siècles, si rien ne s'y oppose. Je t'avertis avec douleur que ton horoscope est effrayant. C'est à toi de conjurer cet avenir, non certain, mais probable. Je suis d'autant plus épouvanté (permets-moi de ne te rien cacher) de l'aspect que vient de m'offrir le ciel, que d'autres pronostics, quoique d'un ordre inférieur, semblent venir à l'appui de mes observations astrologiques. On prépare une pièce où des Égyptiens et des Éthiopiens doivent expliquer les mystères infernaux. Le Capitole de Capoue a été frappé de la foudre. L'oracle du temple de la Fortune à Antium vient de t'avertir de te défier de Cassius, et, en sacrifiant, tu fus couvert du sang d'un phénicoptère(1). Ces malheureux présages...

CAIUS.

Eh bien, luttons contre les destinées, et nous verrons si elles triompheront d'un César et d'un dieu.

(Il fait un geste à Sylla pour lui signifier de se retirer.)

Que l'on cherche Protogène; je veux lui parler.

SYLLA.

Tu vas être obéi. (A part en s'éloignant.) Je suis bien plus convaincu que je n'ai osé le lui dire. Avant deux jours peut-être...

CAIUS, avec colère et emportement.

Ma résolution est prise. Mes plus grands ennemis sont dans le sénat et parmi les riches; mort à tous sans exception. Point de pitié pour les sénateurs; ils me haïssent comme ils haïssaient Tibère...

CÉSONIE.

Caïus, tu cours à ta perte. Écoute la raison qui te commande...

CAIUS.

Je n'écoute que ma rage; elle seule peut me sauver... Ajoutons des milliers de noms au *glaive* et au *poignard*... (2) Quoi! aucun tremblement de terre pour me délivrer en un jour de tous ces factieux! Point de peste dévorante! Point de famine (3)! Ah! que le peuple romain n'a-t-il qu'une tête (4)!

(Protogène entre.)

SCÈNE III.

CAIUS, CÉSONIE, PROTOGÈNE.

CAIUS.

Viens, mon cher Protogène, toi qui n'as cessé de
me donner des preuves d'attachement et de fidélité,
viens consoler ton maître, et l'aider à exterminer
tous ses ennemis.

PROTOGÈNE.

Mon bras et mon cœur sont à César.

CAIUS.

Sylla a jeté la terreur dans mon ame. Mon horoscope m'annonce des malheurs qui rejailliraient
même sur toi; car si les traîtres m'arrachent la vie,
sois convaincu que leurs poignards, avides du sang
de tous ceux qui m'ont aimé et servi, poursuivront
avec fureur...

PROTOGÈNE.

Caïus, je vois avec peine que tu te livres aux
erreurs de l'astrologie. Repousse ces grossiers mensonges, pâture du peuple et le mépris des hommes
sensés. Comment le plus grand orateur de Rome
peut-il croire que l'histoire des empires soit écrite
en caractère de feu sur les étoiles? comment peut-
il admettre que l'avenir, qui n'est pas, se dévoile
à nos faibles regards dans l'espace incommensura-
ble que parcourent les astres? Cette faiblesse est

indigne de toi. Je n'ignore pas que Tibère avait
fléchi sous cet absurde préjugé, mais, dans l'intérêt
de ta gloire, ne l'imite pas. Sois plus profond, plus
philosophe que lui, et ne laisse à la postérité que
des exemples de fermeté, de courage et de gran-
deur.

CAIUS.

Je suis frappé d'idées sinistres qui ne me permettent pas de discuter ces hautes matières. Que l'astrologie soit une vérité ou un mensonge, peu
importe, mais ma sûreté exige que le sénat soit
égorgé.

CÉSONIE.

Dieu! Quelle affreuse résolution, et que rien ne
justifie! J'espère que Protogène n'usera de l'ascen-
dant honorable qu'il a sur l'esprit de Caïus, que
pour le détourner de ce crime. (A Caïus.) Le sénat
ne vient-il pas de te donner une nouvelle preuve
de son respect en t'accordant des honneurs publics?
N'a-t-il pas décrété, uniquement pour te plaire,
que le jour de la naissance de Tibère serait célébré....?

(Caïus fait un geste d'impatience.)

Réponds-moi.

(Caïus la regarde avec colère.)

PROTOGÈNE.

Auguste Césonie, aucun de nous n'a le coupable
orgueil de penser que César puisse avoir un meil-

leur conseiller que lui-même. S'il nous consulte quelquefois, c'est une faveur dont nous sentons tout le prix ; mais cette confiance, aussi modeste qu'honorable, est un triomphe pour Caïus, car nos faibles lumières pâlissent toujours devant les siennes. L'empereur n'a jamais tort.

CÉSONIE.

Même quand il croit aux visions de Sylla, et cependant tu viens de lui dire que l'astrologie est un amas d'impostures ! (A Caïus.) Voilà donc les hommes qui te subjuguent et t'entraînent au crime ! Et c'est sous l'empire de pareils monstres que tu veux gouverner la terre et te soustraire aux poignards des assassins ?

CAIUS.

Césonie....

CÉSONIE.

Tu périras sous leurs coups. Rome indignée, Rome opprimée par toi, par tes délateurs et tes bourreaux, secouera son sommeil de mort. Encore un jour peut-être, et elle t'étouffera dans ses bras sanglans ; elle va relever la tête et te dévorer.

CAIUS.

Je ne puis souffrir plus long-temps....

CÉSONIE.

Souffre la vérité ; j'ai le droit de te la dire, et n'oublie pas que le sort qui te menace pèse aussi sur mes destinées. Si Protogène, qui a l'insolence de sourire avec une ironie amère à mes craintes et aux paroles que t'adresse mon cœur ulcéré, s'est toujours interposé, comme un mauvais génie, entre ta conscience et mes conseils, c'est que son vil caractère lui répond de l'attachement de ton successeur....

PROTOGÈNE, bas à Caïus.

Tu ne le crois pas.

(Caïus lui serre la main.)

CÉSONIE.

Valet sous Tibère, valet sous Caïus, il le sera encore sous l'infortuné qui te remplacera au palais des Césars, mais tu ne le trouveras pas aux jours du malheur ; et si Claude, seul héritier de ton sang, te succède sur l'abîme que tu appelles un trône...

PROTOGÈNE, à Césonie.

Le respect que je dois à l'empereur m'ôte le droit de te répondre avec la franchise que tes outrages justifieraient peut-être. Je courbe la tête devant tes grandeurs et me soumets aux indignes soupçons dont tu m'accables. L'avenir nous apprendra qui de toi ou de moi est le calomniateur ou le traître.

CAIUS, à Césonie avec ironie.

Avec ta permission. (A Protogène.) L'oracle d'Antium m'avertit de me défier de Cassius.

PROTOGÈNE.

Il ne faut pas mépriser cet avis des dieux, mais il est obscur. De quel Cassius peut-il être question ?

10

CÉSONIE, à part.

Encore un crime!

CAIUS.

Je suis presque persuadé que c'est de Cassius Longinus, proconsul d'Asie.

PROTOGÈNE.

Et moi, de Cassius Cheréa. (A part.) Si je pouvais m'en défaire!

CAIUS.

De Cherea? non, non. Ce tribun n'est pas un homme dangereux; il vient encore de me donner une preuve incontestable de son attachement.

PROTOGÈNE.

Cela se peut, mais je le soupçonne fortement d'être lié d'amitié avec des sénateurs républicains qui aspirent à te ravir le trône et la vie.

CAIUS.

Eh bien! ayons l'œil sur lui, mais je persiste dans ma première idée. Ordonne au préfet du prétoire de faire mourir Cassius Longinus, et que l'exécuteur parte aujourd'hui de Rome (1).

PROTOGÈNE.

Si tu veux me le permettre, j'enverrai moi-même un centurion.

CÉSONIE, à part.

Quel noble zèle!

CAIUS.

J'y consens. (A Césonie.) As-tu encore quelques

outrages en réserve pour ce que nous venons de faire?

CÉSONIE.

Non, César : tu n'es plus accessible à la raison. Je ne puis que prier les dieux de sauver les jours de Cassius Longinus, en dépit de l'oracle d'Antium, de tes ordres sanguinaires, et de l'infâme (en montrant Protogène) qui te prostitue sa vie, sa conscience et son cœur. Adieu.

(Caïus la regarde sortir avec colère.)

PROTOGÈNE.

Ton estime est un noble dédommagement....

CAIUS, en lui serrant la main.

Pour toute ma vie. Mais que nous veut donc Timidius?

SCÈNE IV.

CAIUS, PROTOGÈNE, TIMIDIUS, DEUX CENTURIONS, PRÉTORIENS.

TIMIDIUS.

César, tu es trahi. Cornelius Sabinus, qui commandait les prétoriens que Decimus et Cherea avaient placés à la porte de la prison où Calixte et ses complices étaient retenus, a délivré tous les conspirateurs. Decimus est égorgé.

CAIUS.

Decimus égorgé?

10.

TIMIDIUS.

Et Cherea, grièvement blessé, a dû céder au nombre. Le geôlier, que l'or de Calixte avait séduit sans doute, a pris la fuite avec les misérables qui voulaient t'assassiner, et tous les prétoriens qui étaient sous les ordres de Cornelius Sabinus ont disparu. Les Romains sont dans la consternation, mais ils attendent de ta fermeté.....

CAIUS, avec emportement.

Rome sera contente; noyée dans son sang, je ne la craindrai plus. Consuls, sénateurs et chevaliers, ils périront tous.... Que l'on double ma garde : (à un centurion) et toi, donne l'ordre à Saturninus d'assembler le sénat; je m'y rendrai, et celle-ci avec moi. (Il frappe sur la garde de son épée. Le centurion sort. A Timidius.) Je t'ordonne d'arrêter Cornelius Sabinus, tous ses prétoriens et le geôlier, et de m'apporter leurs têtes.

TIMIDIUS.

César, je ne puis répondre.....

CAIUS.

Point d'objections. Ton zèle se refroidirait-il parce que mon étoile semble pâlir ?

TIMIDIUS.

Je ne mérite pas ce soupçon outrageant. Permets-moi.....

CAIUS.

Charge-toi de cette expédition, Protogène.

TIMIDIUS.

Il est presque impossible de trouver à l'instant même deux cents hommes peut-être, qui se cachent avec d'autant plus de soin qu'ils n'ignorent pas que, s'ils sont arrêtés, ils périront au milieu des supplices. Au surplus, je vais tâcher d'exécuter tes ordres ; mais sois persuadé que si j'ai le malheur de ne pas réussir, ce ne sera ni le zèle ni le dévouement.....

CAIUS.

Ne perds pas une minute. Que tes prétoriens restent ici.

(Timidius sort.)

PROTOGÈNE.

Caïus, ce malheureux événement prouve que la conspiration de Calixte est beaucoup plus étendue que nous ne le pensions. C'est ici qu'il faut employer les grands moyens de terreur, et frapper du glaive non seulement les coupables connus, mais tous ceux que nous soupçonnerons de partager leurs sentimens.

CAIUS.

Quoi ! mes ennemis ont des complices même dans la garde prétorienne ! A qui donc me fier, si des hommes que j'ai comblés de faveurs me trahissent avec tant d'audace ?

PROTOGÈNE.

Ce n'est que le crime d'un petit nombre de scélérats que Calixte aura gagnés pour échapper au supplice qui l'attendait. Puisqu'ils se cachent, ils ne sont pas à craindre. Timidius les découvrira, et demain peut-être, tu auras le plaisir de les voir expirer devant toi.

CAIUS.

Tant que ces traîtres n'auront pas rendu le dernier soupir, je serai sur des charbons ardens. Où me cacher, Protogène, où fuir, si ceux mêmes qui devraient me défendre se joignent à mes ennemis? Ah! quel supplice que de régner sur un peuple qui rugit dans les fers et qui veut les briser sur la tête de son maître! Nous verrons qui de moi ou de lui l'emportera..... Que n'ai-je établi, comme j'en avais l'intention, le siége du gouvernement à Alexandrie! Je serais tranquille en Égypte; mais à Rome, repaire de tous les factieux qui aspirent à une liberté licencieuse, et des ambitieux que ma puissance irrite et humilie, il faut toujours combattre et vaincre, vivre sous le poignard.... Ils mourront sous le mien. Point de grace, point de pitié....! Mettons le feu à cette ville exécrable, que tous les Romains périssent, et que les cris et les flammes, messagers de ma fureur, apprennent à l'Italie que les vengeances de Caïus sont plus terribles encore que celles de Tibère. (Il se tourne du côté des prétoriens.) Et vous, prétoriens, vous que j'ai toujours aimés comme mes enfans, et dont les armées romaines enviaient les honneurs, vous me trahissez donc? Vous arrachez au supplice des misérables qui osent attenter à mes jours, et vous recevez, pour prix de ce crime, l'or d'un vil affranchi ! Devais-je m'attendre à cet excès d'ingratitude et de perfidie, moi, l'enfant des armées et le père des soldats (1), moi, fils de Germanicus et votre empereur ?

LE CENTURION.

César, sois juste, et ne confonds pas l'innocent avec le coupable. (Aux prétoriens.) Jurons tous de rester fidèles à Caïus.

LES PRÉTORIENS, avec éclat.

Nous le jurons.

PROTOGÈNE, aux prétoriens.

Mes amis, nobles prétoriens, n'oubliez jamais vos sermens, et que le maître du monde jouisse en paix du pouvoir, des honneurs et des trésors qu'il partage avec vous. Sous le gouvernement républicain, que des factieux voudraient rétablir, vous ne jouiriez d'aucune distinction, d'aucun privilége; confondus dans l'armée avec les légions les plus obscures, vos consuls, triomphateurs insolens, daigneraient à peine faire mention de vos services au sénat. Les gouvernemens populaires sont toujours ingrats; les princes seuls savent récompenser le courage et honorer la fidélité. Vive à jamais Caïus César, notre empereur et notre père !

PRÉTORIENS.

Vive César !

SCÈNE V.

LES MÊMES PERSONNAGES, SATURNINUS, POM-
PONIUS, L. VITELLIUS, CLUVITUS, LEN-
TULUS, QUELQUES SÉNATEURS.

SATURNINUS.

Divin César, nous nous empressons de venir
t'offrir l'hommage de nos respects et de notre dévouement. Indignés de la haute trahison qui arrache
momentanément à ton glaive, toujours juste, des
têtes coupables que les immortels te livreront sans
doute, nous nous rangeons avec enthousiasme auprès de ta personne sacrée. Nous voulons te servir
de rempart contre les citoyens perfides qui osent
t'attaquer jusque sur tes autels, toi, le premier des
humains et l'égal des dieux.

CAIUS.

C'est en plein sénat que je te répondrai ; tu as dû
recevoir l'ordre de le convoquer.

SATURNINUS.

Oui, César, et je vais t'obéir. Mais, sensibles à
l'honneur que tu voulais nous faire, nous avons
pensé qu'il était de notre devoir, dans les circon-
stances critiques où nous nous trouvons, de nous
présenter devant toi.

POMPONIUS.

Nous n'avons pu attendre l'heure de la convoca-

tion, pour te témoigner à quel point le sénat est
affligé du crime de Cornelius Sabinus. Nos cœurs
débordaient de l'impérieux besoin de t'assurer de
notre inaltérable attachement, de notre amour et
du desir que nous partageons tous de voir Calixte
et ses complices expirer dans les tourmens que ta
justice leur réserve, et que Rome indignée attend
de ta fermeté.

PROTOGÈNE, bas à Caïus.

Ils ont peur.

CLUVITUS.

Je me flatte que César voudra bien me mettre au
nombre de ceux qui sont profondément affectés de
la conduite criminelle.....

LENTULUS.

Ils méritent tous le supplice des parricides.

CAIUS, en regardant les consuls et les sénateurs.

Leur audace prouve qu'ils comptaient sur de
puissans appuis, et je les trouverai où ils sont :
dans le sénat.

SATURNINUS.

César, tes soupçons seront toujours les nôtres,
tes volontés notre loi, et tes jugemens nos décrets.

L. VITELLIUS.

Si Caïus veut bien me le permettre, je lui ferai
part d'un soupçon qui ne me paraît pas tout-à-fait
sans fondement.

CAIUS.

Parle.

L. VITELLIUS.

Est-il bien certain que Cherea soit blessé ?

PROTOGÈNE.

Quel trait de lumière!

L. VITELLIUS.

Quant à moi, j'en doute, et s'il m'est permis de dire tout ce que je pense, je crois qu'il n'est pas innocent de l'évasion de Calixte. On connaît d'ailleurs ses liaisons et ses sentimens. Je n'affirme rien cependant, mais la prudence exige que l'on s'assure.....

CAIUS.

Cet avis n'est pas à mépriser. (A Protogène.) Passe à l'instant même chez ce tribun, et exige en mon nom qu'il te montre sa blessure. S'il s'y refuse, le crime est prouvé.

(Protogène sort.)

(A L. Vitellius.) Je te remercie de ce conseil. (Aux consuls et aux sénateurs.) Je vais me rendre au sénat; allez m'attendre.

UN SÉNATEUR, bas à un autre sénateur.

Quel ton menaçant!

LE SÉNATEUR, bas.

Une galère qui fait eau de toute part : il se noie.

(Les consuls, les sénateurs, L. Vitellius, Lentulus et Cluvitus se retirent.)

(Protogène et Cherea entrent; celui-ci a le bras gauche en écharpe.)

CLUVITUS, (bas à Cherea qui passe à côté de lui.)

Tu es perdu si tu n'es pas blessé.

SCÈNE VI.

CAIUS, PROTOGÈNE, CHEREA, UN CENTU-RION, PRÉTORIENS.

(Protogène parle bas au centurion, et les prétoriens s'approchent un peu de Caïus.)

CHEREA.

César, on vient de commettre un crime d'autant plus effrayant que les coupables sont très-nombreux, et qu'ils n'ont laissé aucune trace de leur fuite. Cornélius Sabinus, que nous étions bien loin de soupçonner d'une pareille trahison, nous a attaqués avec ses perfides prétoriens au moment où nous allions donner la question au geôlier. Le brave et malheureux Decimus a succombé sous le nombre; et moi-même, blessé en le défendant, je ne dois la vie qu'à la fuite précipitée des conjurés qui, épouvantés sans doute de l'énormité de leur crime, et surtout du supplice qui les attendait, se sont hâtés de sortir de la prison et de profiter de la nuit pour se soustraire à ta justice.

CAIUS, d'un air menaçant.

Tous les coupables seront rigoureusement punis, tous sans exception, entends-tu?

CHEREA.

J'entends très-bien, Caïus; mais après le malheur qui m'est arrivé, je ne comprends pas le ton menaçant....

CAIUS.

Tu le comprendras tout à l'heure.

CHEREA.

J'attends l'explication de ce mystère.

PROTOGÈNE.

Ta blessure est-elle grave?

CHEREA.

Tu prends à moi un intérêt qui m'étonne; je te connais mieux que tu ne le crois.

PROTOGÈNE.

Je ne crains pas d'être connu, mais je me défie d'un tribun qui se dit blessé et qui ne l'est pas peut-être.

CHEREA.

Et moi, d'un courtisan qui se dit l'ami de son maître, et qui le perdrait par ses conseils s'ils étaient toujours suivis.

PROTOGÈNE.

Je ne te répondrai que trois mots : (en lui prenant le bras.) Voyons ton bras.

CHEREA, il le repousse.

Tu ne le verras pas.

PROTOGÈNE, faisant de nouveaux efforts.

Nous saurons la vérité.

(Les prétoriens s'approchent des personnages.)

CAIUS, à Cherea.

Je t'ordonne....

CHEREA, à Protogène.

Misérable, ce n'est pas à toi que je cède. (A Caïus.)
Tu doutes que je sois blessé; vois.

(Il arrache l'appareil de sa blessure et le sang coule.)

(A Protogène.) Qu'en dis-tu? T'en faut-il davantage?
(A Caïus.) Après cette injure, l'honneur me prescrit
de quitter ta garde et de m'exiler à jamais de Rome.

CAIUS.

Je veux que tu continues ton service auprès de
ma personne. Le soupçon qui t'offense ne vient ni
de moi, ni de Protogène.

CHEREA.

Peu importe. Puisque j'ai perdu ta confiance et
ton estime.... (A Protogène.) Ton esprit quoique mé-
chant n'est pas fécond en ressources. D'abord je
n'étais pas blessé; mais comme tu ne peux plus nier
un fait évident, tu devrais dire à César que c'est
Decimus qui m'a percé le bras en se défendant contre Cornelius Sabinus et moi. (Avec ironie.) Que sait-
on? C'est peut-être la vérité. (A Caïus.) Caïus, tu
crois trop facilement les calomnies, et il en est qui
déchirent le cœur d'un honnête homme.

CAIUS.

J'avais tort; je te rends la justice qui t'est due.

CHEREA.

A cette condition je suis encore tribun dans ta
garde, mais j'exige une réparation complète.

CAIUS.

Une réparation ?

CHEREA.

Oui, César. Comme le préfet du prétoire est très-indisposé depuis quelques jours et qu'il ne peut remplir ses fonctions, je demande que tous les prétoriens qui sont aujourd'hui à Rome soient immédiatement sous mes ordres. Après l'offense que tu viens de me faire, je mérite l'honneur de répondre de ta personne.

CAIUS.

Je te l'accorde.

CHEREA.

Je me rendrai digne de cette faveur. Espérons que tu jouiras bientôt de la plus grande tranquillité, et que la conspiration de Calixte sera la dernière sous ton règne. Je placerai des gardes même dans cette galerie; car Cornelius Sabinus, homme très-audacieux, pourrait essayer de pénétrer avec ses prétoriens jusque dans tes appartemens.

CAIUS.

C'est très-bien.

PROTOGÈNE.

Pour plus de sûreté, je vais remplir de prétoriens bien dévoués la petite galerie qui conduit à ta chambre à coucher.

CHEREA, avec empressement.

Je me charge de ce soin.

CAIUS, à Cherea.

Protogène a aussi ma confiance ; laisse-le faire.
(A Protogène.) On m'attend au sénat, mais je ne m'y
rendrai pas, car la nuit est déja fort avancée et
j'ai besoin de repos. Va dire aux consuls qu'ils ne
me verront que demain.

PROTOGÈNE, à Cherea.

N'oublie pas que tu réponds de la personne de
l'empereur.

CHEREA.

Sois tranquille : j'en réponds.

PROTOGÈNE, au centurion et aux prétoriens.

Suivez Caïus César. Je vais vous rejoindre avec un
renfort.

(Il sort.)

CAIUS, à part, en se retirant.

Je suis frappé de pressentimens qui m'attristent.

(Il sort.)

SCÈNE VII.

CHEREA, seul.

Que ce scélérat n'était-il de garde à la prison !
Nous l'aurions envoyé aux enfers avec Decimus,
mais il ne nous échappera point ; il faut qu'il pré-
cède ou qu'il suive son maître. Ne séparons pas
deux hommes que le crime a unis, et que Rome soit
vengée de son tyran et de l'affreux ministre.... Mais
allons voir pourquoi Papinius manque au rendez-

vous que je lui avais donné dans cette galerie, car je ne croyais pas y trouver l'empereur.

(Il fait quelques pas et Papinius entre.)

SCÈNE VIII.

CHEREA, PAPINIUS (*).

(A voix basse pendant toute la scène.)

PAPINIUS.

Je serais déja ici depuis long-temps, mais je t'ai entendu parler avec César et je me suis retiré.

CHEREA.

Eh bien! puis-je compter pour demain sur les hommes que tu commandes?

PAPINIUS.

Je n'ai pu en séduire que soixante, et encore avec beaucoup de peine.

CHEREA.

C'est bien peu, mais j'espère que ce nombre suffira.

PAPINIUS.

J'ai fait tout ce qui a dépendu de moi...

CHEREA.

Notre cohorte est donc bien mauvaise?

PAPINIUS.

Elle ressemble à toutes les autres. Aussi suis-je

(*) C'est le conjuré dont Cherea parle au IV° acte, scène IV.

persuadé qu'une très-grande partie de la garde prétorienne se déclarera contre la république. Caïus
aura un successeur fort peu de temps après sa mort.

CHEREA.

Le sénat sera pour nous, et les prétoriens céde-
ront à ses décrets.

PAPINIUS.

J'en doute. Mais occupons-nous du tyran, car
c'est là le point essentiel.

CHEREA.

Écoute. Tu te rendras ici, au lever du soleil,
avec tes prétoriens, et tu ne laisseras pénétrer qui
que ce soit dans la partie de la galerie qui conduit
aux appartemens de l'empereur. S'il en sort par la
porte ordinaire, il tombe dans nos mains et il est
mort; si au contraire il passe par les appartemens
de Césonie, tu n'en resteras pas moins à ton poste,
et nous nous en délivrerons à son retour, car c'est
toujours par ici qu'il rentre chez lui. Mais comme
il ne sera pas seul, tâche d'éloigner de lui tous
les valets de cour qui l'accompagneront; emploie
même la force si cela est nécessaire. Qu'il soit à
notre disposition pendant deux minutes seulement,
et Rome sera contente. Je vais chercher un renfort.
Calixte, Cornelius Sabinus et leurs amis m'attendent
chez moi avec impatience, et....

PAPINIUS.

Quoi! ils sont cachés dans ta maison?

CHÉRÉA.

Oui, c'était le lieu le plus sûr pour eux. L'infâme Protogène n'a pas même cru que la chose fût possible, car il n'y a pas songé malgré sa bonne volonté de nous nuire. Profitons du peu de nuit qui nous reste encore pour les faire entrer ici bien armés, mais ils ne se montreront qu'au moment de l'action. Ainsi donc, borne-toi à nous livrer le monstre en écartant de lui tous ceux qui pourraient le défendre, et nous nous chargeons du reste.

PAPINIUS.

Je jure de faire ce que tu attends de moi. Mais pourquoi ne joindrais-tu pas à mes prétoriens ceux que Cornelius Sabinus commandait au poste de la prison?

CHÉRÉA.

Ils ont pris la fuite. D'ailleurs, pour m'entendre avec eux, j'aurais dû leur donner asile chez moi, et cela offrait beaucoup de dangers; ils étaient en trop grand nombre. Puis-je voir tes hommes?

PAPINIUS.

Oui.

CHÉRÉA.

Eh bien! allons-nous assurer de leur zèle, et sachons, avant le moment décisif, si nous pouvons compter sur eux.

PAPINIUS.

Je crois pouvoir en répondre à peu près comme de moi-même.

(Protogène paraît dans le fond de la galerie avec quelques prétoriens.)

SCÈNE IX.

CHEREA, PAPINIUS, PROTOGÈNE, PRÉTORIENS.

PROTOGÈNE, dans le fond; d'une voix forte.

Qui es-tu?

CHEREA.

Qui es-tu toi-même?

PROTOGÈNE.

Protogène.

CHEREA.

Cassius Cherea.

(Protogène s'approche de Cherea.)

PROTOGÈNE.

Eh bien! la nuit se passe tranquillement.

CHEREA.

Je m'y attendais.

PROTOGÈNE.

M'en veux-tu encore?

CHEREA.

Du tout. Ton zèle pour César est une excuse que je reçois.

11.

PROTOGÈNE.

C'est agir avec générosité et j'y suis sensible.
J'espère que nous n'aurons aucun malheur à dé-
plorer. (Bas.) Mais enfin si Caïus tombait un jour
sous le poignard d'un assassin, il faudrait bien nous
en consoler et tâcher de plaire à son successeur,
car il peut être dangereux d'être mal avec le prince...

CHEREA.

Fatale supposition! (A part.) Aurait-il appris...?

PROTOGÈNE.

Que sait-on? il a beaucoup d'ennemis.

PAPINIUS.

Nous leur tiendrons tête.

PROTOGÈNE, à Cherea.

Adieu. Je vais relever le poste que César m'a
confié. (A part, en s'en allant.) Malgré mon épanche-
ment, pas un mot dont je puisse me servir contre
lui!

CHEREA, à Papinius.

Sortons.

SCÈNE X.

CAIUS, décemment vêtu, mais rien de plus.

(Il entre brusquement, et rencontre Protogène qui s'arrête.)

(Avec colère.) Qu'on me laisse; je veux être seul.

(Protogène s'éloigne.)

Pas un instant de repos! Des rêves affreux, des
fantômes effrayans... Ah! quelle nuit! Je ne sais
où aller pour me fuir moi-même... Il me paraît que
l'ombre de Lepidus me poursuit un poignard à la
main. Le dernier des esclaves dort tranquillement
peut-être, et moi!... moi, le maître du monde,
j'erre dans ces galeries en invoquant le jour que je
redoute... (1) Mes ennemis veillent aussi et trament
de nouvelles conspirations contre moi.... Quintilie
sera vengée... Elle est là; je la vois; elle me menace....

(Il recule comme si l'on marchait sur lui.)

Fatales illusions! Filles du crime et d'une mauvaise conscience, elles me tourmenteront jusqu'à
mon dernier soupir, et je n'ai pas trente ans! Les
dernières paroles de Julus frappent toujours mon
oreille : *Je te condamne à un aveuglement aussi
invincible qu'atroce, dont tu ne reviendras que
percé de vingt coups de poignard, mais il ne
sera plus temps* (*). Comment sortir de la route
sanglante où je me suis jeté? jamais! la tyrannie
ne peut reculer. Je suis trop haï pour oser revenir
aux premiers jours de mon règne.... Toujours terrible et le glaive à la main, ou je suis perdu. Quel
avenir....! Voilà donc les grandeurs que m'a lé-
guées Tibère! Que parlé-je d'avenir? Menacé de
toutes parts, vivrai-je encore demain? Demain! aux

(*) Voyez acte II, scène III.

gémonies peut-être.... Mais quel est donc le téméraire qui porte ici ses pas?

SCÈNE XI.

CAIUS, CÉSONIE, en déshabillé très-simple.

CAIUS.

Que viens-tu faire ici?

CÉSONIE.

Et toi-même qu'y fais-tu? Pourquoi m'as-tu quittée?

CAIUS.

Je me fuis... Je ne sais où trouver quelque repos. La vie m'est à charge et l'avenir m'épouvante.... je suis furieux contre moi-même. J'aurais dû t'écouter peut-être, mais il est trop tard : ils m'assassineront.

CÉSONIE.

Ne sont-ils pas tous arrêtés?

CAIUS.

Tous...? Rome entière conspire et doit conspirer.

CÉSONIE.

Ah! si la justice et la raison pouvaient enfin t'éclairer! Alors tes nuits seraient tranquilles.....

CAIUS.

Il n'est plus temps..... J'ai rêvé que la mer en fureur me parlait.... (1). Sa voix, foudroyante comme le grondement du tonnerre, m'a dit que Cassius s'avançait un poignard à la main pour m'assassiner...

CÉSONIE.

Eh quoi! tu as la faiblesse de t'affecter.....

CAIUS.

Jette les yeux sur cette galerie; n'y vois-tu pas errer des ombres menaçantes?

(Il se presse contre Césonie.)

Défends-moi; j'ai peur.

CÉSONIE.

Cher Caïus, rappelle ta raison; tu n'as rien à craindre ici. Tes gardes, dont tu ne peux suspecter la fidélité, répondent de tes jours.

CAIUS.

Mes gardes? Cornelius Sabinus et les siens ne m'ont-ils pas trahi?

CÉSONIE.

Exception qui ne servira d'exemple à personne. Viens, Caïus, viens, rentre dans mes appartemens, et sois sûr que les dieux te rendront le bonheur et la paix, si tu veux écouter mes conseils et repousser ceux de tes perfides amis.

CAIUS, dans l'accablement.

Je m'abandonne à toi; je ne puis plus rien par moi-même. (Il se frotte le front.) J'ai là un feu qui me dévore.

CÉSONIE, en se retirant avec Caïus.

Hâtons un peu le pas, car le soleil va se lever, et

les gardes rempliront bientôt cette galerie; je crois
même les entendre.

(Ils sortent.)

SCÈNE XII.

Il est jour.

PAPINIUS, UN CENTURION, PRÉTORIENS.

PAPINIUS, aux prétoriens, à voix basse.

C'est ici que le brave Cherea va se rendre avec
ses amis et les vôtres pour délivrer le genre humain
du monstre impie qui se croit l'égal des dieux, du
scélérat qui s'est dressé des autels sur un monceau de
cadavres; c'est ici que nous allons venger Rome, et de
l'esclavage que lui ont imposé les Césars, et du sang
que l'infâme Caïus a versé depuis qu'il est élevé à
l'empire. Romains, rappelez-vous que vos aïeux
étaient libres et maîtres du monde. Aucun d'eux
n'eût courbé servilement la tête sous le joug d'un
tyran. L'orgueilleux Appius opprima votre patrie,
et il fut forcé de se donner la mort. Manlius voulut
s'emparer du pouvoir suprême, et il périt du supplice des traîtres : le roc Tarpéien en conserve encore le souvenir. César, si grand par ses conquêtes
et son génie, mais si coupable par son ambition,
paya aussi de sa vie ses desseins liberticides. Et nous
qu'un sang généreux anime; nous, descendans des

vainqueurs d'Annibal, de Jugurtha et de Mithri-
date ; nous devant qui tous les peuples ont courbé
le front dans la poussière, nous souffririons plus
long-temps l'épouvantable tyrannie d'un Caligula,
d'un tigre en délire qui marche insolemment sur
nos têtes et nous écrase dans notre sang! Non, Romains, non ! Il faut arracher Rome au sommeil lé-
thargique qui la déshonore; il faut tuer le tyran et
la tyrannie; il faut apprendre à l'univers étonné de
notre patience servile qu'il est encore sur les bords
du Tibre des citoyens et des héros.

LE CENTURION.

Nous jurons tous de mourir pour la liberté et le
salut de Rome.

PAPINIUS.

Les dieux ont reçu vos sermens.

SCÈNE XIII.

PAPINIUS, CHEREA, CORNELIUS SABINUS,
VALÉRIUS ASIATICUS, MINUTIANUS, CA-
LIXTE, AMPRONAS, AQUILA, POMPEDIUS,
UN CENTURION, PRÉTORIENS.

CHEREA, aux conjurés.

Entrez sans crainte : nous sommes maîtres du ter-
rain. Les prétoriens que j'ai placés aux postes ordinaires ont ordre d'y rester jusqu'au soir, à moins

que je n'aille les relever moi-même : ainsi nous n'avons rien à craindre de ce côté là. (A Papinius.) Nous comptons sur toi pour barrer le passage à tous ceux qui accompagneront Caïus; il faut le séparer de ses courtisans et tomber l'épée à la main sur Protogène et les prétoriens qu'il commande, s'ils sont de la suite de l'empereur et qu'ils s'obstinent à ne pas vouloir le quitter.

PAPINIUS.

Tu peux te reposer sur moi.

CHEREA.

C'est le seul service que nous te demandions, le seul même que tu puisses nous rendre. Garantis par ton courage de toute surprise, de toute attaque imprévue, nous sommes sûrs que César va tomber en sacrifice à nos libertés ravies et aux mânes des Romains qu'il a livrés à ses bourreaux. (Au centurion.) Tâche de savoir si l'empereur est dans ses appartemens ou chez Césonie.

(Le centurion sort.)

AMPRONAS.

Mon cœur bondit de joie.

AQUILA.

Graces aux dieux, le monstre ne nous échappera point!

MINUCIANUS.

Nous le tenons enfin ce Jupiter latin qui se faisait dresser des autels à côté des divinités du Tibre;

cet incestueux qui oubliait dans les bras de Drusille, d'Agrippine et de Julie, qu'il était leur frère; cet assassin qui s'abreuvait du sang..... il va nous le rendre.

(Le centurion revient.)

LE CENTURION, à Cherea.

Caïus a passé la nuit dans l'appartement de Césonie, et vient de sortir pour aller voir quelques danseurs asiatiques arrivés récemment.

CHEREA.

As-tu aperçu Protogène et ses prétoriens?

LE CENTURION.

De loin : ils sont en petit nombre.

CHEREA.

Combien à peu près ?

LE CENTURION.

Vingt-cinq peut-être.

POMPEDIUS.

A la bonne heure, car je craignais.....

VALERIUS ASIATICUS.

Que craignais-tu ?

POMPEDIUS.

Une lutte fatale à nos desseins.

CALIXTE.

Tu vois bien que les dieux nous le livrent.

POMPEDIUS.

Je te répondrai ce que j'ai déjà répondu à Minucianus : J'attends.

CHÉRÉA.

Et moi aussi j'attends, mais avec la certitude de ne pas attendre en vain.

(On entend quelque bruit à droite, et tous les conjurés se tournent de ce côté.)

(Le centurion sort et rentre un instant après.)

LE CENTURION.

Caïus est là; il s'entretient avec les danseurs sous la voûte d'Agrippine, et va probablement passer par ici.

CALIXTE, qui regarde.

Il vient à nous.

VALERIUS ASIATICUS.

Dis donc que nous allons à lui.

CORNELIUS SABINUS, qui regarde.

Dieux! Protogène l'accompagne avec plus de quarante prétoriens! Fatalité!

PAPINIUS.

Ne t'effraie pas. Mes hommes leur tiendront tête.

CHÉRÉA.

Du courage, mes amis, du courage. Délivrons-nous de Caïus ou par sa mort ou par la nôtre. Que celui de nous qui reculera devant le danger imminent qui nous menace, soit à jamais l'exécration de Rome et de la postérité!

LES CONJURÉS.

La liberté ou la mort.

CHEREA.

Achevons notre ouvrage.

(Il tire son poignard, et tous les conjurés, excepté Papinius qui se met à la tête de sa troupe, tirent aussi le leur.)

Mânes sanglans des victimes de la tyrannie des Césars, marchez devant nous! Dieux de Rome, divinités du Tibre, aiguisez nos poignards!

SCÈNE XIV ET DERNIÈRE.

LES MÊMES PERSONNAGES, CAIUS, PROTOGÈNE, PRÉTORIENS.

(Caïus veut entrer dans la galerie avec Protogène et plusieurs prétoriens.)

PAPINIUS, aux prétoriens.

Vous n'entrerez pas avec l'empereur : c'est ma consigne.

(Il les repousse.)

(Aux prétoriens sur lesquels il se jette avec sa troupe.) Vous n'entrerez pas, vous dis-je. Hors d'ici.

PROTOGÈNE.

Trahison!

CAIUS.

A moi, Protogène! défends ton maître.

SOLDATS DE PAPINIUS.

Liberté! Mort au tyran!

PAPINIUS, à Caïus qu'il est parvenu à séparer de toute sa suite.

Entre tout seul; Rome t'attend.

(Il le pousse avec violence au milieu des conjurés.)

(A ses soldats.) La tête de Protogène!

SOLDATS.

Oui, oui. La tête de Protogène!

(Ils sortent avec Papinius.)

CAIUS, à Cherea.

Est-ce ainsi, misérable, que tu me fais respecter?
Mais que signifient ces poignards?

CHEREA.

Que Rome a brisé ses fers et que tu vas mourir.

CAIUS, en regardant les conjurés.

Calixte.....! Cornelius Sabinus.....! (à Cherea.) Ah!
traître...!

(Il fait quelques pas pour se sauver.)

Protogène, prétoriens, à mon secours!

(Il tire son épée et Valerius Asiaticus la lui arrache et la brise.)

CORNELIUS SABINUS.

Non, point de grace pour toi ni pour les tiens.

LES AUTRES CONJURÉS.

Point de grace.

CAIUS, en joignant les mains.

La vie.....

AMPRONAS.

Le lâche!

CAIUS.

Ma femme et ma fille sont innocentes..... Ayez
pitié.....

AQUILA.

Elles périront.

(Il le blesse au visage en agitant son poignard.)

C'est le sang de ton frère; il demande vengeance.

CALIXTE.

C'est le sang de Quintilie, monstre!

CAIUS, dans le plus grand désespoir.

Jupiter! Jupiter!

CHEREA, en le poignardant.

Va le rejoindre.

(Caïus tombe.)

LES CONJURÉS.

Redoublons, redoublons (1).

(Ils se blessent entre eux.)

CAIUS, d'une voix mourante.

Je vis encore; je suis encore votre empereur.

AQUILA, en lui donnant le dernier coup de poignard.

Tu ne l'es plus.

Caïus meurt (2).

LES CONJURÉS.

Vengeance et liberté!

AMPRONAS, blessé.

Que je vois couler mon sang avec plaisir!

CALIXTE.

Et l'infortunée Quintilie ne jouit pas de la mort
de son bourreau!

CHEREA.

Abandonnons ce misérable aux valets de cour qui

voudront l'inhumer..... Mes amis (Il leur tend la main),
je ne sais si les Romains se rendront dignes de la
grande action que nous venons de faire en les déli-
vrant du monstre qui les opprimait ; mais dussent-
ils être ingrats et lâches, jurons tous par le sang
des victimes de Tibère et de Caïus, par l'héroïque
et vertueux courage de Quintilie, de ne renoncer
au gouvernement républicain qu'à notre dernier
soupir.

LES CONJURÉS.

Nous le jurons!

CHEREA.

Ombres sacrées de Brutus, de Cassius et de Caton, recevez leurs sermens et les miens.

FIN DU CINQUIÈME ET DERNIER ACTE.

NOTES.

ACTE PREMIER.

SCÈNE PREMIÈRE.

(1) « Rien ne lui prouvait plus que cette fille (Julie Dru-sille) était à lui, que la férocité qu'elle faisait paraître, et qui était telle, qu'elle portait ses ongles aux yeux des enfans qui jouaient avec elle. » *Suétone, chap. XXV, traduction de Laharpe.*

(2) « Il condamna aux mines, ou aux travaux des chemins, ou aux bêtes, une foule de citoyens distingués, après les avoir fait marquer d'un fer chaud, ou bien il les faisait entasser dans des caves, où ils étaient obligés de se tenir dans la posture des bêtes à quatre pattes, ou il les faisait scier en deux. » *Le même, chap. XXVII.*

SCÈNE II.

(1) Surnom que les flatteurs donnaient à Caïus.

(2) « Il passe pour avoir ravi la virginité à Drusille, sa sœur, lorsqu'il avait encore la robe prétexte. On prétend même qu'il fut surpris dans ses bras par Antonie, chez qui il était élevé avec elle. Il la maria à Lucius Cassius Lon-

12

ginus, homme consulaire, la lui ôta ensuite et la traita publiquement comme son épouse légitime. » *Suétone, chapitre XXIV.*

(3) Le même historien, *chap. XXXI.*

(4) Le même, *chap. L.*

(5) Le même, *chap. LV.*

(6) Le même, *chap. LV.*

(7) Un des plus vils courtisans de Caïus.

SCÈNE III.

(1) « Enfin il s'avança vers les bords de l'Océan avec un grand appareil de machines, comme s'il eût médité quelque entreprise considérable, et, lorsque personne ne pouvait deviner son dessein, tout d'un coup il ordonna qu'on ramassât des coquillages et qu'on en remplît les casques. C'étaient, disait-il, des dépouilles de l'Océan dont il fallait orner le Capitole et le palais des Césars. Il éleva pour monument de sa victoire une tour très-haute, où il fit placer des fanaux comme sur un phare, pour éclairer les vaisseaux pendant la nuit. » *Suétone, chap. XLVI.* Quelques savans croient que la tour qu'on voit à l'entrée du port de Boulogne, et que les habitans appellent *la tour d'ordre*, est le phare dont parle ici Suétone.

SCÈNE IV.

(1) « Les anciens se servent peu du surnom de *Caligula* : lui-même (Caïus) s'en tenait offensé comme d'une espèce de sobriquet injurieux. » *Hist. des empereurs, par Crevier, t. III, p. 9.*

(2) « C'était pour lui un passe-temps amusant de faire déchirer les innocens à coups de fouet, et de les tourmenter

par tous les supplices de la question. Il ne traita pas seulement ainsi son chanteur favori nommé Apelle, en qui il
louait la douceur, mais Sex. Papinius, etc. » *Hist. des empereurs, par Crevier, t. III, p.* 69.

SCÈNE V.

(1) Voyez Sénèque, *de la Constance du sage, chap.*
XVIII.
(2) *Suétone, chap. XI.*
(3) Vers d'Anacréon, traduction de Poinsinet de Sivry.
(4) *Id.*
(5) Il était épileptique depuis son enfance. *Suétone,*
chap. L.

SCÈNE VI.

(1) « Et quand Cherea lui demandait le mot du guet, il
lui donnait Priape ou Vénus, ou lui présentait sa main à
baiser avec un geste obscène. » *Suétone, chap. LVI.*

ACTE II.

SCÈNE PREMIÈRE.

(1) Le jeune Tiberius Gemellus qu'il ne faut pas con-
fondre avec l'empereur de ce nom.
(2) « Il eut un commerce criminel et suivi avec toutes ses
sœurs. » *Suétone, chap. XXIV.*
(3) « On croit que Césonie lui donna un philtre amou-

reux, qui n'eut d'autre effet que de le rendre furieux. »
Suétone, *chap. L.*

(4) Après la mort de Caïus, Césonia répétait sans cesse
dans ses plaintes que Caïus n'avait pas voulu la croire, et
qu'elle lui avait souvent prédit son malheur, etc. *Hist. des
empereurs, par Crevier, t. III, p.* 150.

(5) Césonie voit ici dans son rêve ce qui lui était arrivé
plusieurs fois, car Suétone rapporte que Caïus la montrait
nue à ses amis. *Cap. XXV.*

(6) .... « Mais Chéréa à la tête du plus grand nombre
soutint que les crimes de Caïus étaient ceux de Césonia ;
qu'elle lui avait altéré la raison par des breuvages, et qu'ainsi
elle était la vraie cause de ses égaremens, et de tous les maux
que l'état en avait soufferts. Cet avis passa, et Lupus, tribun
fut chargé de l'exécution. » *Hist. des empereurs, par Crevier,
t. III, p.* 150.

SCÈNE II.

(1) « Ayant été visiter Caïus Pison qui venait d'épouser
Orestilla, il amena cette femme chez lui, la répudia en
peu de jours, etc. » *Suétone, chap. XXV.*

SCÈNE III.

(1) Paroles historiques. *Suétone, chap. XXII.*

(2) *Id., chap. XXX.*

(3) On sait que Caïus s'était fait dieu, et qu'il avait un
temple et des prêtres.

(4) Cette réponse de Lucius Vitellius est historique. *Hist.
des empereurs, par Crevier, t. III, p.* 69.

(5) Historique. *Suétone, chap. XXXIII.*

(6) *Ibid.*

(7) Tous ces faits sont attestés par l'histoire et rendent inexplicable la suite du règne de Caïus.

(8) Maximes de Caïus. *Suétone*, *chap. XXIX.*

(9) Paroles épouvantables que Caïus répétait souvent aux ministres de ses cruautés. *Suétone, chap. XXX.*

SCÈNE IV.

(1) Historique. *Suétone, chap. XXVII.*

(2) *Ibid.*

(3) *Id., chap. XXXIV.*

(4) *Id., chap. XXVII.*

(5) « Tous les dix jours il faisait la liste des prisonniers qu'il fallait exécuter, et il appelait cela *apurer ses comptes.* Suétone, chap. XXIX.*

(6) Historique. *Hist. des empereurs, par Crevier, t. III,* p. 69.

(7) Je me permets ici d'emmuseler le tigre parce que l'histoire m'y autorise. Il paraît constant que Caïus avait de bons momens. Dion Cassius rapporte même que cet empereur était quelquefois mécontent quand il ne se présentait personne pour demander la grace de ceux qu'il avait condamnés à mort.

(8) Historique.

(9) La férocité de cet enfant est prouvée par l'histoire. Voyez *Suétone, chap. XXV.*

(10) Historique.

(11) *Id.*

SCÈNE V.

(1) « Il sentait lui-même l'altération de sa raison, et il avait songé plusieurs fois à y porter remède. » *Suétone, chap. L.*

(2) Cette réponse de Caïus à Césonie, à commencer par ces mots : *Je sais qu'ils me haïssent tous*, est dans un discours de Caïus au sénat, discours très-remarquable, et qu'on trouve dans Dion Cassius.

(3) « Quand il devait parler en public, il disait qu'il allait lancer quelques traits de ses veilles. » *Suétone, chap. LIII.*

(4) Voyez la note 7 de la scène IV de cet acte.

SCÈNE VI.

(1) « Il ne lui donnait jamais de mot du guet qui ne fût une injure. C'était toujours quelque mot obscène, ou le nom de quelque fameuse prostituée. » *Hist. univ. traduite de l'anglais, t. XXII, p. 342.*

(2) « Caïus insultait souvent à sa vieillesse, le traitait d'efféminé.... » *Suétone, chap. LVI.* Voyez aussi la note 1 de la scène VI du premier acte.

ACTE III.

SCÈNE DEUXIÈME.

(1) Historique. Dans un discours de Caïus au sénat.

(2) Voyez acte II, scène V, note 3.

(3) Voyez *Suétone, chap. XXXII.*

SCÈNE VI.

(1) « Joseph assure que le tyran se plaisait à charger ce tribun de semblables commissions, dans l'idée que, pour

ne pas témoigner de faiblesse, il ferait donner la torture avec la dernière rigueur. » *Antiq.*, *l. XIX*, *c. I.* — *Hist. univ.*, *t. XXII*, *p.* 343.

SCÈNE VIII.

(1) On appelait Philon *le Platon juif*.

(2) L'histoire rapporte que Caligula avait une très-haute opinion de son talent oratoire.

(3) Propres paroles de Caligula aux juifs d'Alexandrie. *Hist. des empereurs, par Crevier*, *t. III*, *p.* 121.

(4) « Ce mot fut applaudi, dit Crevier, comme si c'eût été quelque chose d'ingénieux et de fort plaisant. » *T. III*, *p.* 122.

(5)   Mais ceux qui de la cour ont un plus long usage,
Sur les yeux de César composent leur visage.
BRITANNICUS.

(6) Historique.

ACTE IV.

SCÈNE PREMIÈRE.

(1) Voyez une dissertation très-intéressante de l'abbé Rollin sur les repas des Romains. *Hist. rom.*, *t. V*, *p.* 529 *et suiv.*

SCÈNE IV.

(1) L'histoire ne dit pas positivement que Caligula ait assisté au supplice de Quintilie, mais il est au moins prouvé

qu'il s'est donné le plaisir barbare de la voir après. Au surplus ce prince ne peut être calomnié. L'homme qui s'amusait à faire trancher des têtes devant lui et qui faisait dévorer en sa présence des innocens par des bêtes féroces, est livré de droit, dans un ouvrage dramatique, à tout ce que l'imagination peut créer de plus horrible.

SCÈNE IX.

(1) Historique.
(2) Historique.

ACTE V.

SCÈNE PREMIÈRE.

(1) Voyez Sénèque, *de la Clémence*, livre I, chap. IX.

SCÈNE II.

(1) Voyez ces présages dans la vie de Caligula (*Suétone, chap. LVII*). *Présages*, dit Tacite, *qu'on observait en pleine paix dans les siècles grossiers, et qu'on ne voit plus aujourd'hui que quand on a peur.* Histoire, livre I.

(2) « On trouva dans ses papiers deux mémoires intitulés, l'un *le glaive*, et l'autre *le poignard*; c'était la liste de tous ceux qu'il destinait à la mort. » *Suétone, chap. XLIX.*

(3) «.... Et de temps en temps il souhaitait des défaites sanglantes, des pestes, des famines et des tremblemens de terre. » *Le même, chap. XXXI.*

(4) Historique. *Suétone, chap. XXX.* Ce vœu était incontestablement d'un fou, car sur qui ce monstre aurait-il régné si le peuple romain n'avait eu qu'une tête?

SCÈNE III.

(1) Historique. *Suétone, chap. LVII.*

SCÈNE IV.

(1) « On l'appelait LE PIEUX, L'ENFANT DES ARMÉES, LE PÈRE DES SOLDATS, LE TRÈS-BON, LE TRÈS-CLÉMENT. » *Suétone, chap. XXII.*

SCÈNE X.

(1) « Il était tourmenté surtout de l'insomnie. Jamais « il ne pouvait dormir plus de trois heures, encore d'un « sommeil inquiet et troublé par des fantômes et des songes « bizarres. Il rêva un jour que la mer lui parlait : aussi « la plus grande partie de la nuit, las de veiller dans son « lit, il errait dans de vastes galeries, attendant et in-« voquant le jour. » *Suétone, chap. L.*

SCÈNE XI.

(1) Voyez la note précédente.

SCÈNE XIV ET DERNIÈRE.

(1) Ce mot est historique. *Suétone, chap. LVIII.*
(2) Le 24 janvier, l'an 792 de la fondation de Rome, et l'an 41 de Jésus-Christ.

FIN DES NOTES.

Ouvrages du même Auteur,

CHEZ FIRMIN DIDOT FRÈRES.

DIALOGUES DES MORTS, suivis d'une Lettre de J. J. Rousseau, écrite des Champs-Élysées, à M. Castil-Blaze. 1 vol. in-8°................... 6 fr.

NOUVEAUX DIALOGUES DES MORTS. 1 vol. in-8°,............................. 2 fr. 50 c.

LA MÉTEMPSYCOSE , ou DIALOGUES DES BÊTES. in-8°..................... 1 fr. 50 c.

PROMENADES D'UN SOLITAIRE. 1 volume in-8°.......................... 3 fr.

MÉLANGES , ou SUITE DES PROMENADES D'UN SOLITAIRE. 1 vol. in-8°....... 3 fr.

LA S¹-BARTHÉLEMY, drame. in-8°.... 3 fr.

LA MORT DE HENRI III, ou LES LIGUEURS , drame. in-8°,...................... 2 fr. 50 c.

LA MORT DE CHARLES 1ᵉʳ, ROI D'ANGLE-TERRE, drame. in-8°.................. 3 fr.

HUASCAR , ou LES FRÈRES ENNEMIS, drame. in-8°.............................. 2 fr. 50 c.

Sous Presse.

DISCOURS SUR LES ROIS DE ROME.

www.ingramcontent.com/pod-product-compliance
Lightning Source LLC
Chambersburg PA
CBHW051826020726
47502CB00005B/1645